십대가 진짜 속마음으로
생각하는 것들

이 책을 소중한

_____ 님에게 선물합니다.

_____ 드림

사 춘 기 아 이 가 두 렵 고 불 안 한 부 모 들 에 게

십대가
진짜
속마음으로
생각하는 것들

정윤경 지음

시너지북

십대, 꿈에 도전하라!

　이 책은 십대들의 이야기다. 십대는 흔히 부모님과의 갈등을 갖고 있고, 핸드폰에만 빠져 있는 것처럼 보여 한심해 보이기까지 한다. 어른들은 하라는 공부는 안 하고 딴짓만 하는 우리가 못마땅하고, 도저히 이해할 수 없다는 표정으로 쳐다본다. 그렇다고 십대들이 생각 없이 한심하게 살고 있지 않다는 것을 이 책을 통해 말하고 싶다.

　이 책에 나오는 이야기들은 나의 실제 경험을 바탕으로 적은 내용이다. 그렇기 때문에 '어, 나는 안 그런데?' '어! 내 아들딸은 안 그런데?'라는 의문을 갖게 될 수 있다. 하지만 세상에는 많은 사람들이 있으니 모두 같은 생각을 갖고 살지는 않을 것이다.

　요즘 십대들은 자신의 꿈, 목표를 떠나서 공부만 하고 있다.

꿈이 없는 십대들에게 나의 한마디가 꿈을 찾는 동기부여가 되었으면 좋겠다.

어른들은 항상 십대에게 꿈을 꾸며 살아가라고 재촉하면서 답답해한다. 하지만 십대들도 자신의 꿈을 찾기 위해서 노력하고 있다. 오히려 어른들의 지나친 과잉보호(?)로 인해 자신의 꿈을 찾기가 아직 잘 되지 않는 것이다.

그런데 더 안타까운 것은 친구들조차 자신의 꿈을 두고 오해를 갖고 있다. 꿈은 무조건 상위 1%만 이룰 수 있고, 꿈은 깨라고 있는 것이라고. 꿈은 너무나 거대해서 잡을 수 없는 것이니 당연히 꿈은 이루지 못하는 것이라고 말한다.

꿈은 단지 직업만을 말하는 것이 아니다. 내가 하고 싶은 일이 꿈이 될 수도 있다. 나처럼 누군가에게 동기부여를 해주는 일이

꿈인 사람도 있고, 가장 편안하게 생을 마감하는 것이 꿈인 사람
도 있을 수 있다. 꿈은 거창한 것이 아니라 이루라고 있는 것이니
꿈을 이루지 못했어도 낙심할 필요가 없다.

　나는 작가가 꿈이다. 이 책을 쓰는 동안 많은 방황을 했다. 그
렇기에 다른 사람들보다 속도가 많이 느렸다. 그러나 끝까지 꿈
을 이루기 위해 포기하지 않고 책을 쓰니 꿈이라고 생각했던 그
너머에 또 다른 꿈이 저절로 찾아왔다.

　얼마 전 어학연수를 다녀오면서 그곳에서 만난 친구들이 있었
다. 그 친구들은 내가 작가라는 사실을 알자마자 나에 대해 더
궁금해 했고, 책 제목을 물으며 사인까지 해달라고 했다.

　꿈은 꾸는 것으로도 행복한데 이루고 나면 더 큰 만족감과 뿌

듯함으로 자존감까지 높아지는 것을 깨닫게 되었다.

이 책을 펴낼 수 있도록 도와주신 엄마, 아빠, 언니 그리고 작가 친구를 두었다며 기뻐한 친구들까지 이 지면을 빌어 감사의 인사를 전한다.

나를 지켜봐 준 분들이 있었기 때문에 책을 펴낼 수 있었고, 꿈까지 이룰 수 있었다.

마지막으로 꿈을 이루는 힘을 얻은 것에 만족하지 않고, 또 다른 꿈에 도전하는 멋진 십대가 되겠다.

2016년 3월 정윤경

프롤로그 4

CHAPTER 01

엄마, 나도 외롭다고요!

01 핸드폰은 십대의 영원한 베스트프렌드　　　　　　　　　　15

02 친구도 때로는 힘들다　　　　　　　　　　　　　　　　　22

03 중2 병이라고 들어 보셨나요?　　　　　　　　　　　　　　28

04 엄마, 아빠보다는 친구가 편해요　　　　　　　　　　　　　35

05 아무도 모르는 내 마음　　　　　　　　　　　　　　　　　42

06 "넌 우리의 희망이야."라는 말은 듣지 않을래요　　　　　　48

07 엄마의 행복이 나의 행복은 아니잖아요　　　　　　　　　　54

08 성공하려면 꼭 공부를 해야만 하나요?　　　　　　　　　　62

09 엄마는 조종사, 나는 로봇　　　　　　　　　　　　　　　　69

10 엄마는 나에 대해 얼마나 알고 있을까?　　　　　　　　　　76

CHAPTER 02

왜, 우리는 사춘기를 지나야만
어른이 될 수 있을까?

01 정말 지금의 고민이 나를 성장하게 할까?   85

02 우리의 또 다른 이름, 공부 기계   91

03 마음껏 꿈꾸는 십대이고 싶어요   98

04 내가 좋아하는 것은 뭘까?   105

05 인생의 주인공은 바로 나!   111

06 지금 행복해야 미래에도 행복하지 않을까?   118

07 친한 친구도 이겨야만 하는 십대   125

08 자꾸 짜증만 내는 십대   132

09 빨리 어른이 되고 싶어요   139

CHAPTER 03

이유 없는 반항은 없다

01 제발 커서 뭐가 되고 싶냐고 묻지 마세요!   149

02 엄마는 잔소리꾼   156

03 꼭두각시 인생   162

04 부모님의 꿈이 나의 꿈?   168

05 학교, 학원, 학원 또 학원   174

06 일등이 아니면 안 돼!   180

07 어른들은 괴물, 우리들은 히어로   187

08 엄마가 공부보다 더 힘들어요   193

09 우리가 가면을 써야 하는 이유   199

10 나에게는 너무나 부담스러운 엄마   206

CHAPTER o4

우리들도 위로받고 싶다

01 엄마, 아빠의 따뜻한 말 한마디를 원해요   215

02 상처는 나아도 흉터가 남는다   221

03 내가 정말 원하는 것   229

04 힐링이 필요해   235

05 십대도 화나고 아프다   241

06 부모님의 응원은 우리의 비타민   248

07 지금의 모습 그대로 사랑받고 싶어요   254

08 소중한 꿈에 날개를 달아주세요   260

09 십대와 통하는 어른들은 이것이 달라요   266

10 공부를 잘한다고 행복한 것은 아니다   272

엄마,
나도 외롭다고요!

상대가 진짜 속마음으로
생각하는 것을

01

핸드폰은 십대의 영원한 베스트프렌드

나의 하루는 핸드폰으로 시작된다. 일어날 시간이 되면 내가 좋아하는 노래가 알람이 되어 나를 깨운다. 그러면 나는 벌떡 일어나서 핸드폰을 들고 화장실로 달려간다. 화장실에서도 노래를 크게 튼 채 샤워를 한다. 그러면 엄마는 아주 큰 소리로 "시끄러우니까, 노래 좀 꺼!"라고 말한다.

나는 입을 삐쭉거리며 볼륨을 조금 줄이지만 꺼버리지는 않는다. 핸드폰은 밥을 먹을 때도 학교에 갈 때도 내 손에서 떠나지 않는다. 학교에 도착해서야 잠시 손에서 내려놓을 뿐이다. 이 정도면 어른들이 보기에 중독 수준을 넘는다고 생각하겠지만, 나를 가장 기쁘게 하는 것은 핸드폰이다.

핸드폰은 십대들에게 없어서는 안 될 소중한 존재이다. 친구와 언제든지 연락할 수 있을 뿐만 아니라, 인터넷과 SNS를 통해 세상의 모든 정보를 알 수도 있다. 하지만 어른들은 이 고마운 친구에게 우리를 망치는 '괴물'이라고 부른다. 우리들이 일찍 자지 않는 이유, 성적이 자꾸만 떨어지는 이유, 가족과 대화하지 않는 이유 등이 모두 핸드폰 때문이라고 생각한다. 종종 부모님은 말한다.

"너 또 핸드폰 하니?"

"아니, 엄마 그게 아니라."

"엄마가 핸드폰 그만 좀 하랬지! 다음에 또 걸리면 그땐 핸드폰 압수야!"

"아니, 엄마 그게 아니라……."

나와 부모님과의 대화는 핸드폰을 하겠다와, 하지 말라는 소리가 대부분이다. 아마도 부모님은 내가 핸드폰을 하는 것은 무조건 싫은 모양인 것 같다. 물론 핸드폰으로 웹툰을 보거나 게임, 채팅을 할 때도 있지만 알아야 하는 정보나 지식을 얻을 때도 있다.

어떤 사람은 머리핀 만드는 것을 좋아해서 SNS에 자신이 만든 머리핀을 올렸는데 반응이 좋았다고 한다. 만든 머리핀을 구매하겠다고 나서는 사람들이 많았는데, 나도 이런 소식을 들을 때마다 은근히 부러운 생각이 든다. 나 역시 취미생활로 핸드폰 카메라로 사진을 찍어서 스크랩북을 만들고 메모장에는 소설을 쓰기도 한다. 때로는 사촌 동생과 동영상을 촬영해서 여러 가지 놀이도 하고, 영어 앱을 통해서 영어 발음 공부를 하기도 한다. 이렇게 핸드폰은 수없이 많은 장점이 있다.

핸드폰은 나와 세상을 이어주는 소통의 공간이다. 유익한 것만 얻는다면 핸드폰은 나뿐만이 아니라 세상에 있는 모든 사람들에게 꼭 필요한 도구이다. 하지만 공부는 안 하고 핸드폰에 몰입하고 있는 모습만 본다면 부모님의 걱정이 커질 것이다. 그러나 세상은 달라지고 있다. 핸드폰 하나면 세상 어디든지 갈 수 있고 내가 어디 있는지 알 수도 있으며 공부도 할 수 있다. 이제는 부모님이 공부했던 방식과는 차원이 달라졌다. 아마 부모님 세대의 방식대로만 따르라고 한다면 십대들은 세상에서 허우적거릴 것이다.

중·고등학생들이 눈코 뜰 새 없이 바쁘다는 것은 누구나 알고 있다. 학원뿐만 아니라 자신의 재능을 찾기 위해서도 정말 바쁘다. 중학생이 되면 규칙적인 생활이 시작된다. 내가 초등학생 때 담임선생님은 자신이 어렸을 때에는 산으로, 들로 나가서 뛰어놀았다고 말했다. 물론 핸드폰에서는 찾을 수 없는 경험이고, 어른들은 이런 경험들을 십대들이 놓칠까봐 걱정한다. 그러나 집 앞에서라도 뛰어놀 시간조차 없이 집, 학교, 학원, 학원, 집을 하루도 쉬지 않고 빼곡히 도는 일정이 우리들의 영혼을 점점 더 메마르게 한다.

얼마 전 까지만 해도 나는 수시로 친구들과 메시지를 주고받았다.

나 : 응답?
나 : 또 내가 선톡임!
나 : 왜 안 봐?

이렇게 단체 채팅방에 올리면 1~2분 또는 십분 간격으로 답이

온다.

친구1 : ㅋㅋ

친구2 : 나 지금 학원 끝나고 가는 중.

친구1 : 난 지금 학원 가는 중.

그리고 나서 2시간쯤 뒤에 한 친구가 다시 메시지를 보낸다.

친구3 : ㅋㅋㅋㅋㅋㅋㅋ

이렇게 두 시간 정도 채팅방에서 친구들과 메시지를 주고받다가 다시 자정이 되기 전 친구들과 과제나 그날 있었던 일들에 대해 짧게 이야기를 나눈다. 사실 잠을 자야 하는 시간에 핸드폰을 붙들고 있느라 잠자는 시간을 뺏길 때도 많다. 하지만 이런 일이 꼭 핸드폰 때문은 아니다. 하루 일과에 지친 마음을 핸드폰으로 푸는 것일 뿐 원인은 과도한 공부 패턴 때문이다. 어른들은 흔히 "나중에 직장생활을 하면 가장 쉬운 일이 공부다."라고 말한다. 당연한 말이다. 그러나 어른들이 직장생활로 힘든 것처럼 우리도 공부 때문에 힘들다.

　우리들에게 가장 힘든 것은 부모님의 잔소리와 공부, 진로 문제이다. 시대는 점점 공부를 못하면 차별받는 세상이 되는 것 같다. 영어를 잘하지 못하면 더 나은 직업을 찾지 못하고 이제는 중국어까지 합세하여 2~3개의 외국어는 기본적으로 할 줄 알아야 한다.

　쉴 틈이 없는 곳에서 우리를 쉬게 하는 것이 바로 핸드폰이다. 메시지를 주고받으며 친구들과 고민을 나누고 있으면 잠시나마 공부라는 창 없는 감옥에서 벗어난다. 그런데 어른들은 이런 우리들을 보고서 핸드폰 중독이라며 압수하려고 한다. 정말 끔찍한 일이다. 우리가 핸드폰을 늦게까지 하는 것을 원하지 않는다면 우리에게 핸드폰 말고 또 다른 흥밋거리가 있어야 한다고 생각한다. 하지만 어른들은 우리들에게 흥밋거리를 찾을 여유조차 주지 않는다. 그렇기 때문에 우리는 이미 핸드폰이라는 아주 매력적인 친구와 베스트프렌드가 되어 헤어질 수 없는 사이가 되었다.

　최근 청소년들에게 공부라는 부담감을 덜어주기 위해 국가가 노력하고 있는 것 같다. 예를 들어 자유학기제와 같은 것을 들 수 있다. 하지만 이 제도가 잘 정착된다고 해서 우리들이 핸드폰을 하지 않을 수 있을까? 그사이 핸드폰은 더 진화할 것이다.

그러면 우리 십대들이 왜 핸드폰에 시간을 쏟는 것일까? 그 이유는 생활에 찌들어 있는 우리들의 탈출구이기 때문이다. 핸드폰이라는 탈출구가 있기 때문에 학교생활도 교우 관계도 원만한 것이다. 어른들은 더 이상 이런 우리들을 보고 '핸드폰 중독'이라며 무작정 빼앗기보다는 핸드폰이 우리들의 베스트프렌드라는 것을 잊지 말았으면 좋겠다.

02

친구도 때로는 힘들다

지금 내 친구들은 나에게 버팀목이자 은신처이다. 우리는 서로의 고민을 들어주며 위로해 준다. 기쁠 때나 슬플 때나 함께 있어서 좋은 것이 친구라고 생각한다. 그런데 친구이기 전에 그 사람만 갖고 있는 말 못할 고민거리는 누구에게나 있는 법이다.

"야……. 아니다."

"응! 무슨 일 있어?"

"아니야."

"아이 참. 궁금하게."

"아니야. 할 말을 잊어버렸어."

친구 A는 자신의 고민을 털어놓으려다가 말하지 않았다. 그런데 친구의 얼굴에서는 할 말이 있는데 망설여지는 게 느껴졌다. 그래서 나도 A가 먼저 말해주길 바라며 기다렸다. 괜히 잘 알지도 못하는데 섣불리 나서기 싫어서였다. 나중에 알게 된 사실이지만 친구 A는 다른 친구와 말다툼을 심하게 했다. 다툰 일이 마음에 걸려서 나에게라도 이야기를 꺼내려고 했지만 왠지 모르게 망설여진 것이다. 나는 그때 친구에게 미안한 마음이 들었다. 평소 친구 A는 나의 고민을 잘 들어주고 조언도 해주던 친구인데, 정작 내 도움이 필요할 때 나는 아무것도 해줄 수 없었기 때문이다. 이렇듯 우리들도 자신만의 생각과 사정이 있고, 위로받을 일이 있다.

지금까지 돌아보면 나는 친구를 위해 무엇인가를 한 일이 별로 없는 것 같다. 친구들에게 위로와 격려는 많이 받았지만, 내가 친구를 위해 한 일은 없어 보였다. 항상 내가 먼저 해주고, 배려해 주겠다고 생각은 하지만 막상 그 상황이 닥치면 잘되지 않았기 때문이다. 뿐만 아니라 위로를 어떻게 해야 할지도 모르겠다. 그러다 보니 어느새 이기적인 친구가 되어 버린 것 같다. 그래도 나를 이해해 주는 친구가 있어서 고맙고 다행이다.

어느 날 나에게 자신의 사연을 이야기한 A 친구가 있었다. 그 친구가 바로 나와 비슷했던 것 같다. 그 A의 사연은 이러했다.

"야"

"??"

"나 H와 싸웠다."

"진짜? 왜 싸웠어? 아까는 친해 보이던데."

"아 몰라. 내가 뭐 잘못했는데 뭐라 해야 할지 모르겠어."

"뭐 어떻게 했는데?"

A는 H와 친한 사이였다. 그런데 H가 기분이 별로 좋지 않았을 때 A가 치근덕거렸다는 것이다. 알고 보니 그날 H는 많이 아팠었다고 한다. 그 뿐이 아니라 집에서 동생과도 싸워 부모님의 꾸중까지 들은 상태에서 이 친구가 치근덕거리니 폭발한 셈이었다. H가 폭발한 상황에서 A도 화가 나서 결국 심한 말다툼을 했다는 것이다. 그런데 A는 H에게 미안한 마음이 들어 사과를 하고 싶었는데 어떻게 해야 할지 모르겠다고 했다. 내가 생각했을 때에는

어느 한 명만 잘못이라고 할 수 없을 것 같아 H와 연락을 시도해 보았다.

"H야?"

"엉?"

"너 A랑 싸움?"

"왜?"

"너희 분위기가 심상치 않아서, 아니면 됐고."

"족집게네. 싸웠어 개랑."

"왜?"

"그때 내가 기분이 진짜 안 좋았는데, 계속 거슬리더라고…… 뭐라고 해야 할지 모르겠다."

"막 치근덕거렸다고?"

"어, 아마도? 근데 지금 생각해 보면……."

"어."

"내가 조금 잘못한 거 같기도 해."

"이럴 거면 왜 싸웠냐! 그냥 사과하고 끝내."

"아 근데 먼저 사과하기가 좀, 그런데……."

"뭐가?"

"오글거리잖아. 뭐라고 해야 할지 모르겠어."

"일단 얘기 해봐. 초대해 줄까?"

"아 근데……"

"초대한다."

"어."

그리고 나는 A를 대화방에 초대해 주고 그 방을 나왔다. 그 후에 서로 어떻게 사과했는지는 모르겠지만 그 다음 날 둘은 아무 일도 없었다는 듯이 둘만의 사진을 페이스 북에 올렸다. 나는 이 상황을 보고 많은 것을 느꼈다. 사람들은 각자의 사정이 있고, 진심을 말하지 못할 때도 있다. 친구들 중에도 역시 말 못할 사정으로 인해 힘들어 하는 친구가 있을 것이다. 그렇다면 주위의 친구 중 누구에게 말도 못하고 힘든 시간을 겪고 있는 것을 눈치 챘다면 어떻게 해야 할까? 그냥 이유 없이 무작정 위로를 해주어야 할까? 아니면 솔직히 물어봐야 할까? 아니면 그냥 신경 쓰지 말아야 할까?

나는 종종 이런 답답한 문제에 부딪힐 때면 어른들에게 물어

보고 싶다. 어른들은 나보다 많은 시간을 보냈고, 분명 나와 같은 때가 있었을 테니까 말이다.

"엄마, 친구가 힘들어 하는 것 같은데 어떻게 해야 할까요?"

"아빠, 친구를 어떻게 위로를 해야 할지 모르겠어요."

"선생님, 친구가 많이 힘들어 하는 것 같은데 어떻게 하면 좋을까요?"

학교를 '작은 사회'라고 한다. 그만큼 친구 관계는 정말 중요하다. 친구가 힘들 때에는 한 발짝 물러나 주고, 이해해 주고, 위로해 주는 것이 친구 관계의 시작일 것이다. 때로는 세상에서 나 혼자만 힘들다는 생각이 들 때도 있다. 그러나 내가 힘들 듯이 주위의 친구들이나 사람들도 힘들다는 것을 깨달아야 한다.

더 이상 자신만 챙기는 것에서 벗어나 친구도 챙겨줄 줄 알아야 한다는 것이다. 이기적인 삶보다는 이타적인 삶을 살도록 노력해야 하며, 주위 사람들을 배려할 줄 알아야 한다.

중2 병이라고 들어 보셨나요?

중2 병이 유행처럼 번지던 때가 있었다. 과연 이 병은 어떤 병일까?

어른들이 생각하는 중2 병은 청소년기의 반항기, 정신 못 차린 학생쯤이다. 하지만 내가 생각하는 중2 병은 어른들의 생각과는 다르다.

중2 병이란 중학교 2학년 또래의 청소년들이 사춘기 자아 형성 과정에서 겪는 혼란이나 불만과 같은 심리적 상태이다. 그리고 그것을 말미암은 반항과 일탈 행위를 일컫는다. 조금 더 들어가 보면 내가 남들과 다르다, 나는 우월하다고 생각하며 허세를 부리는 등 이러한 행동을 비꼬아 쓰는 말이다.

가끔 반 친구들을 둘러보면 꼭 그런 친구들이 한 명씩 있다. 만화 대사를 따라하거나, 말에 운율을 맞추거나 등이다. 그 친구가 한심하게 느껴지고 기분이 나쁠 때도 종종 있지만 사실 이런 친구들이야말로 반의 분위기를 띄우는 분위기 메이커다. 때로는 정말 과장된 행동으로 반 전체, 심지어 선생님까지 웃음을 터뜨리게 한 경우가 한두 번이 아니었다. 우리는 이런 친구를 보고 "드립 친다."라고 말하지만, 사실 유머 감각 있는 친구들이다.

나는 중2 병에 관한 책을 많이 읽고 신문 기사도 보았다. 대중 매체에서 이야기하는 중2 병이 일어나는 이유나 현상들은 모두 다 맞는 말이다. 외로움에서 비롯된 것일 수도 있고, 그로인해 적당한 관심이 필요하다. 또한 심각한 사회문제로 이어지는 것도 사실이다. 하지만 어른들은 중2 병을 정말 한심하고 나쁜 것이라고만 생각하는 것 같다. 우리가 부리는 허세와 반항들이 좋은 것은 아니지만, 너무 몰아붙이기만 하는 것 같아서 같은 십대 입장에서도 속이 상한다.

어른들은 중2 병이 일어나는 가장 큰 이유가 사춘기이기 때문이라고 생각한다. 사실 사춘기에 접어들면 허세와 반항이 갈수록 늘게 된다. 그렇다면 사춘기 때 우리는 왜 반항을 하고 중2 병이 일어날까?

사람들은 사춘기를 다른 말로 질풍노도의 시기라고 한다. 방 치우라고 해도 대답만 하고, 공부 좀 하라 했더니 성질만 내는 우리의 행동을 어른들은 이해하지 못한다. 하지만 우리는 방을 치워야 할 필요성을 느끼지 못하겠고, 공부를 조금이라도 늦게 시작하면 가차 없이 호통만 치는 어른들이 불편하다. 그러는 사이 어느새 우리는 중2 병이 되어 있다.

그래서인지 요즘에는 중2 병을 너무 당연하게 생각하는 사람이 많은 것 같다. 나도 올해 중학교 2학년이 되면서 주위 사람들로부터 "너 중2 병 걸렸니?"라는 말을 많이 듣는다. 국어 숙제로 시를 써도, 갑자기 궁금한 걸 물어봐도 돌아오는 대답은 "너 중2 병 걸렸구나?"라는 말 뿐이다.

"야! 오늘 나 다 썼어. 네가 가져갈 차례야."

"줘 봐. 읽어 보게……. 야 잠깐! 애를 벌써 죽이면 어떡해! 주인공 친구잖아!"

"뭐 어때, 어차피 내가 쓰는 건데."

"안 돼……. 어쨌든 오늘은 내가 써 오는 날이지?"

십대가 진짜 속마음으로 생각하는 것들

"어, 기대하고 있을게."

몇 달 전, 나는 친한 친구와 릴레이 소설을 썼다. 줄임말로 '릴소'라고 하는데, 두 명 이상의 친구들과 소설을 이어나가는 것이다. 우리는 두 명의 주인공을 두고 서로 다른 이야기를 이어나갔다.

친구와 쓴 소설은 판타지였는데, 보통의 평범한 세상에서 태어난 초능력자와 초능력자 세상에서 태어난 일반인의 이야기였다. 나는 초능력자 세상에서 태어난 일반인 주인공의 이야기를 맡았는데 재미가 쏠쏠했다. 친구의 글솜씨를 보는 것 또한 재미났다. 제목은 '%'였는데 동그라미 두 개가 주인공들이고 가운데 슬러시가 둘이 다른 세상에 살고 있다는 암시였다. 꽤 그럴듯하게 제목도 정해진 것 같아 인터넷 웹소설에도 올려 보았다. 비록 하루 만에 내렸지만 말이다.

내가 친구와 함께 소설을 쓰고 있다고 말하면 주변 사람들은 대부분 중2 병에 걸렸냐고 물어본다. 내가 정말 중2 병에 걸린 것일까 생각해 보면 약간 그런 것 같기도 하다. 아니, 내가 중2 병환자임에 틀림없다는 생각도 든다. 그때는 정말 소설을 쓰는 게 설레고, 재미있었다. 하지만 지금 돌이켜 보면 스스로 흑역사를 만든 것이나 다름없는 것 같아 혼자 웃음이 나온다. 하지만 정말 재미있었으니까 후회는 하지 않는다.

십대는 사춘기 감성으로 자신이 뭔가 대단하고 큰일을 했다고 생각하지만 어른들이 보았을 때 그저 중2 병에 걸린 아이와 다름없을 것이다. 그렇다고 기가 죽을 필요는 없다. 괜히 중2 병이라는 말이 어색하고 눈치 보여서 지금 하고 싶은 일을 하지 못한다면 시작조차 하지 못하고 끝나는 꼴이다. 중 2병이라는 말을 들어도 십대들이 시작하고 싶은 일에 망설이지 않았으면 좋겠다. 지나고 보면 분명 흑역사가 되는 것은 사실이겠지만 그것대로 하나의 추억이 된다.

중2 병이라는 소리가 대수겠는가? 어차피 내가 시작하는 것인데, 뭐든 시작조차 하지 않는 것은 어리석은 것이다. 만약 하고 싶은 것이 있다면 거침없이 해야 한다.

김현수 작가가 쓴 《중2 병의 비밀》이라는 책이 있다. 물론 학부모들과 교사들을 위한 설명서지만 십대인 내가 봐도 너무나 공감이 되는 책이다. 그 책을 보고 내가 중2 병이 확실하다는 것을 알았고, 내 마음을 이렇게도 잘 아는 분도 있구나 하며 공감이 되었다.

이 책에 나오는 많은 사연들은 마치 나의 이야기인 것처럼 느껴졌다. 엄마에게도 꼭 추천하고 싶을 정도이다. 가장 기억에 남는 주제는 바로 "했냐. 안 했냐?" 대화법이다. 우리 집에서도 종종 일어나는 일이라 다른 이야기들보다 더 기억에 남고 공감이 됐다. 이 대화법은 정말 하고 싶던 일도 하기 싫게 만들어 버리는 이상한 대화법이다.

"야, 너 중2 병이지?"

"쟤가 드디어 중2 병이 도졌어."

"너 요즘 중2 병의 낌새가 느껴지는구나."

"악! 오글거려! 중2 병 걸렸냐?"

"야 이거 시 제목 중2 병으로 정해라. 완전 잘 어울릴 듯하다."

"아 이제 중2네. 곧 중2 병 오는 거 아니야?"

"쟤는 이미 온 듯. 여기저기에 똘기를 뿌리고 다님."

사실 이런 말을 들어도 화까지는 나지 않는다. 하지만 뭔가 감정을 소모하는 느낌은 든다. 요즘에는 하도 많이 들어서 조금 질리고 약간 기분만 좀 찝찝할 뿐이다. 그래도 가끔 속상한 것은, 나는 진지하게 정말 마음을 가다듬고 한 일인데 한순간에 그것이 중2 병의 부작용이 되어 버리는 점이다.

진절머리가 날 정도로 지겹게 들은 중2 병이라는 말, 이제는 좀 그만 듣고 싶다.

04

엄마, 아빠보다는
친구가 편해요

어른들은 우리가 친구와 놀러 간다고 말하면 걱정부터 앞서는 것 같다. 엄마도 내게 "어디 가니?"라고 묻는데 나는 "친구와 놀러 가요."라고 대답한다. 엄마는 친구와 무엇을 하며 노는 것인지 궁금한 것인데 내가 놀러 간다고 하니 당장 화를 낸다. 우리가 무엇을 하면서 노는지 어른들에게는 항상 미스터리 한 문제일 수도 있다. 하지만 이런 대화는 우리들을 답답하게 만든다.

"엄마 나 친구랑 놀다 온다."
"어디로 가는데?"
"친구 집."

"친구 누구?"

"B."

"걔가 누구야?"

"그, 왜 있잖아, 우리 동 11층에 사는 애."

"그렇게 말하면 엄마가 어떻게 다 알아."

"아 그러니깐 그냥 친구 집에 간다고."

"6시까지 와."

"엄마 지금 5시야."

"1시간이면 충분하지."

"아 진짜!"

어차피 내 친구들을 다 알려 준다고 해도 부모님은 다 알지도 못하면서 왜 자꾸 꼬치꼬치 물어보는 걸까? 우리에게도 미스터리다. 노는 장소는 때에 따라서 달라질 수도 있는 것이고 친구는 누군지 말해도 모르면서 시간은 왜 이리 또 짧게 주는 건지, 알다가도 모르겠다. 그렇다고 우리가 부모님이 걱정하는 것을 모르는 것도 아닌데 이런 대화만 반복되니 그저 답답할 노릇이다. 항상 우리가 어딜 나가거나 친구랑 놀려고만 하면 부모님은 신경이

곤두서는지 질문만 한다. 정말 우리가 믿음직스럽지 못한 것일까?

우리는 가끔씩 엄마, 아빠보다는 친구들이 더 편하다. 말이 더 잘 통할 뿐만 아니라 학교에서도 항상 같이 시간을 보낸다. 외모 콤플렉스, 학업 스트레스, 부모님과의 갈등, 또 다른 친구들과의 다툼 등 마음고생을 서로 공유하다 보면 어느새 친구들과 친해진다. 아니 친해 질 수밖에 없다. 하지만 종종 어른들은 "그깟 친구가 네 밥을 먹여줘 뭐를 해줘."라고 말한다.

어느 날, 나는 친구에게 물었다.

"야 엄마, 아빠가 편해, 친구가 편해?"
"친구가 훨씬 편하지."
"그치."
"그치."
"왜?"
"말이 통하잖아."

물론 가족이 최고다. 가족만큼 소중한 것이 어디 있을까. 하지만 지금은 친구가 좋고 편하다. 아마 어른들도 지금 우리와 같았던 때가 있었을 것이다. 친구와 함께라면 그 어떤 것도 무섭지 않고 즐거운 때 말이다.

나는 친한 친구가 네 명이 있다. 한 명은 나와 선의의 경쟁자, 또 한 명은 정말 편한 사이, 한 명은 나를 웃게 만들어 주는 친구, 마지막 한 명은 그냥 이유 없이 좋은 친구이다. 나에겐 이 네 명의 친구들이 정말 소중하다. 나에겐 이 네 명이 소중하듯이 누구에게나 소중한 사람들은 있기 마련이다.

그러면 우리들은 왜 친구에 집착하는 것일까? 가끔씩 집이 싫다. 집에 가면 답답할 때가 있다. 어렸을 때에는 집이 가장 좋았지만 이제는 그만큼 좋지 않다. 집에 가면 들어야 하는 부모님의 잔소리, 숙제, 자습 등 할 것이 많다. 학원을 갔다가 들어오면 지친다. 지친 마음으로 집으로 들어왔는데 잔소리까지 들으면 짜증이 솟구친다. 또 숙제를 하려고 하면 귀찮아진다. 그러다 보니 집이 싫다. 마치 집이 잔소리 마왕의 왕국인 것 같다. 그러다 보니 친구를 더 찾는 것 같다. 친구는 서로의 은신처이다. 때로는 내가 친구의 은신처가 되기도 하고 그 반대가 되기도 한다. 우리끼리 있으면 잔소리를 듣지 않아도 되고 걱정은 일단 뒤로 밀어 놓을 수 있다. 걱정을 한다고 달라지는 것이 없을 때는 그저 친구와 함께 이야기하며 마음 놓고 웃게 된다. 그리고 우리는 서로의 이야기도 들어준다.

"내가 최대한 화를 안 내려고 참았어. 근데 걔가 초반부터 나를 무시했어. 그래도 계속 놀았지. 그런데 걔랑 나랑 초반에는 같이 다니기로 했었다. 그런데 현장체험 학습에서 옆자리에 같이 앉기로 했는데, 같이 다닐수록 성격이 안 맞아서 다른 데 앉을까 싶었어. 그런데 그렇게 하면 서로 곤란해 질까봐 가만히 있었는데 글쎄 걔가 옆에서……."

이런 상황들을 종종 만날 때가 있다. 사춘기가 시작되면 친구에게 집착하는 이유가 무엇일까? 아마 서로 힘이 되어 줄 뿐만 아니라 답답한 현실에서 벗어나기 위한 돌파구이기 때문일 것이다. 어른들은 우리가 만나면 무엇을 하는지 궁금해 한다. 친구 집에서 치킨을 시켜 먹거나 노래방, PC방을 간다. 아니면 좀 더 큰 시내에 가서 쇼핑을 한다. 그리고 우리들끼리 동영상을 찍거나 컴퓨터를 하기도 한다. 특별한 것은 없지만 함께 시간을 보내는 것으로 마음속 고단함을 치유한다. 친구와 함께 밤을 새울 때면 새벽까지 수다를 떨기도 한다.

"야 우리가 만난 지 얼마나 됐지?"

"600일쯤?"

"그걸 오글거리게 다 세냐?"

"야 근데 우리 어떻게 만났냐?"

"기억 안 나."

"나도 기억 안 나."

"몰라 다 그런 거지 뭐."

"그렇지."

"원래 친할수록 기억 안 나는 거야."

친구는 말이 잘 통하고 공감대가 형성되어 누구보다 서로를 잘 이해할 수 있다. 어떤 사람들은 친구가 싫을 수도 있지만, 좋은 친구를 사귀게 되면 가장 좋은 게 친구고, 가장 편한 게 친구다.

만약 우리가 시도 때도 없이 친구를 찾는다면 그건 아마도 마음속에 큰 결핍이 있다는 뜻이다. 이럴 때 어른들은 잔소리 대신 우리가 원하는 것이 무엇인지 알고 애정으로 대해 주었으면 좋겠다.

05

아무도 모르는 내 마음

모든 사람의 마음속을 들여다볼 수 있다면 얼마나 좋을까? 마찬가지로 상대방 또한 내 마음을 들여다볼 수 있다면, 얼마나 편할까? 하지만 우리는 겉은 알지만 속은 알 도리가 없다. 그저 자기 자신의 속만 알 수 있는 셈이다.

우리는 항상 순간마다 선택을 해야 한다. 무엇을 먹을 때, 무언가를 살 때…… 등등 선택은 우리 삶에 가장 기본적인 행동이다. 그리고 우리는 이런 선택을 할 때 생각한다.

하지만 선택을 해야 하는 상황에서 명확하고 정확하게 선택을 못하는 사람이 있다. 바로 나와 같은 성격이다.

나는 선택이 어렵다. 발표를 할 때처럼 나의 의견을 표현하는 것은 어렵지 않지만, 선택을 할 때에는 어렵기만 하다. 그렇다고 내가 하고 싶은 것과 하기 싫은 것, 내가 원하는 것과 원하지 않는 것을 구별해 내지 못하는 것은 아니다. 내가 좋아하는 것이 있고, 원하는 것이 있지만 문제는 그 다음에 있다.

"너 이거 먹을래? 저거 먹을래?"
"이 옷을 살까 저 옷을 살까?"
"이거 할래? 말래?"

이러한 질문들은 내가 살면서 수도 없이 들어본 질문이다. 하지만 내가 이 질문들에 답을 아주 명확하게 했던 적은 극히 소수이다. 그래서 후회를 했던 적이 정말 많다.

'만약 내가 이렇게 말하면 혼나지 않을까?'

선택을 할 때마다 이런 생각이 머릿속에 맴돌았다. 나는 정말 혼나는 게 싫다. 혼나는 것이 싫어서 나의 진심은 숨긴 채 부모님의 눈치를 볼 때도 많았다. 그래서 지금은 그 행동들을 후회한다.

세상에는 나처럼 선택을 잘 못하는 십대들이 많을 것이다. 그저 그 상황대로 흘러가기를 바라는 친구들이 많을 것이다. 예를 들어 A와 B, C가 있을 때, A와 B가 이미 찬성을 하면 C 혼자 반대하는 것은 결코 쉬운 일이 아니다. 하지만 가장 중요한 것은 '내 마음'이다. 어차피 사람들은 각자의 인생을 산다. 나도 내 인생을 살아가는 것이고 다른 사람들 역시 마찬가지다. 어차피 인생의 주인공은 '나'다. 주위의 반응까지 신경 쓰면서 살 여유가 없다. 나 하나가 어떻게 이 세상 70억 인구의 마음까지 다 생각하며 말할 수 있을까. 모든 것을 맞출 수는 없다. 내가 잘못된 선택을 해도 그것을 알고 다시는 그런 선택을 하지 않으면 되는 것이고, 내가 후회를 한다면 그것 또한 하나의 과정이다. 다른 사람이 뭐라 하는 것과 내가 혼나는 것은 별로 중요하지 않다. 그러니까 우리는 다른 사람들한테 우리의 마음을 보여 줄 충분한 권리가 있다. 내 의사를 명확하게 표현하고 내 마음을 확실하게 전달해서 '아무도 모르는 내 마음'이 아니라 '누구에게나 말할 수 있는 내 마음'이 되는 것이 훨씬 바람직하다.

그러나 '난 이제부터 남들 눈 신경 쓰지 말고 내 의사를 똑바로 전하면서 살아야지!'라고 생각해도 한순간이다. 막상 그렇게 하려면 엄청난 각오를 해야 한다. 그렇다면 우리가 말만 하지 않고 행동을 할 수 있는 십대가 되려면 어떻게 해야 할까?

　어느 날, 나와 친구 사이에 사소한 다툼이 있었다. 우리는 어느 마을을 탐방 중이었다. 나까지 총 세 명의 친구들이었다. 처음에는 재미있게 놀았다. 하지만 나는 이때 친구들끼리 놀 때에는 꼭 짝수여야 한다는 것을 깨달았다. 사건의 시작은 작은 오해였다.

　"네가 잘못한 거잖아."

　"내가 뭘?"

　"아니 네가 애초에 그렇게 하지만 않았었더라도 이런 일은 없었어."

　"내가 뭘 잘못했는데. 솔직히 난 잘 모르겠거든!"

　"아니, 네가 먼저 혼자 갔잖아. 그리고 너 때문에 화가 난 건데 넌 그러고 싶냐?"

　"뭘 원하는 건데, 돌려 말하지 말고 똑바로 말해, 한 마디만 툭

던지면 내가 어떻게 다 아냐?"

이러면서 말싸움은 끊임없이 이어졌다. 나는 별거 아니라고 생각했던 것이 그 친구한테는 정말 기분이 나빴던 것이다. 나는 내 생각을 친구에게 뚜렷하게 전해야 된다는 생각에 내 마음을 숨김없이 말했다. 그 결과, 우리는 더 비틀어지고 말았다. 나는 무엇이 잘못되었는지 몰랐고 우리는 한동안 말을 하지 않았다. 집에 돌아와서 계속 그 생각을 해보니 뭔가 내 잘못이었다는 걸 알았다. 먼저 사과를 했고 우리는 다시 친해졌다.

친구와의 다툼으로 나는 가끔은 한 발자국 물러나야 한다는 것을 알았다. 물론 내 마음을 알리는 것은 매우 중요하지만 때로는 상대를 위해 내 마음을 돌려 말할 줄도 알아야 한다. 세상에서 나 혼자만 사는 것이 아니고, 다른 사람들의 마음이 어떤지 잘 모르기 때문에 가끔은 마음을 숨길 줄도 알아야 한다. 이래서 인간관계가 가장 어렵다는 것 같다.

십대들은 아직 말해야 할 것과 하면 안 되는 것을 구별해 나가는 것이 서툴다. 때로는 우리가 하면 안 되는 말을 할 수도 있다.

그리고 꼭 해야 할 말을 하지 않아서 주변 사람들이 답답할 때도 있다. 그리고 가끔은 내 마음이 무엇인지 모를 수도 있다. 그래서 십대들이 진로 고민, 꿈 고민을 많이 한다. 내 마음은 무엇일까. 뭐가 좋을까. 그렇다고 이상할 것은 하나도 없다. 내 꿈을 모르겠고, 내 마음을 모르겠다는 것은 지극히 자연스러운 현상이다. 어떤 사람들은 꿈은 이룰 수 없을 만큼 커다란 것이어야 한다고 생각한다. 하지만 그렇지 않다.

세상에 많은 십대들은 아직 무얼 원하는지 하고 싶은 것이 무엇인지 찾지 못해 방황하고 있다. 그렇다고 잘못된 것이 아니다. 단지 하나의 과정일 뿐이다. 내가 내 마음을 모를 때, 내 마음을 당당하게 말해야 할 때, 또는 내 마음을 숨겨야 할 때. 이 세 가지의 경우를 잘 구분해야 한다. 이것을 어떻게 구분했는지에 따라 배려가 될 수 있고 상처가 될 수 있다. 하지만 내 마음을 볼 수 있는 사람은 그 누구도 아닌 바로 자신이라는 것을 기억해야 한다. 내가 어떤 선택을 하던 그것에 대한 책임은 나의 몫이고 다른 사람들이 그 책임을 떠안을 수는 없다.

내 마음은 아무도 모른다.

06

"넌 우리의 희망이야." 라는 말은 듣지 않을래요

"윤경아, 너는 엄마의 희망이란다."

혹시 이런 말을 들어 보거나 해본 일이 있을 것이다. 그리고 이런 말을 들어본 사람들은 얼마나 이 말이 부담스러운지도 잘 알고 있을 것이다.

시대마다 인기 있는 직업들이 있다. 대부분 돈을 많이 버는 것, 혹은 안정적인 것 등이다. 새로운 직업이 샘솟고 있는 현대사회에 살고 있지만 십대들은 새로운 직업에는 관심이 없다. 자신의 개성과 능력을 떠나서 무조건 안정적이거나 부모님이 원하는 직업을 선택한다. 그래서 한창 꿈에 부풀어 올라야 할 십대인데도 반짝이지 않는 것 같다.

우리가 부모님의 희망이라는 것이 무슨 뜻일까? 바로 부모님께서 앞일에 대하여 어떠한 기대를 가지고 바란다는 것이다. 그리고 이런 부모님의 희망은 우리의 미래가 되어야 한다.

나와 친구들이 부모님의 희망이라는 것을 알고 가기에는 그 의미가 너무 거대한 것 같다. 조금 더 쉽게 표현하자면 부담스럽다. 그리고 어렵다. 하지만 여전히 우리들은 부모님의 희망이고 더 열심히 해야 한다. 부모님이 우리를 희망이라고 하면 우리가 어떻게 해야 하는 것일까? 공부를 열심히 하라는 것일까? 좋은 직장을 찾아서 돈을 많이 벌라는 뜻일까? 유명해지라는 뜻일까? 그것도 아니라면 과연 어떻게 해야 부모님의 희망을 이루어 줄 수 있는 것일까?

이런 친구가 있다. 나와 동갑이지만 멀리 이사를 간 친구인데 부모님께서 자유를 주지 않는다고 한다. 그 친구의 꿈을 부모님이 정하고 하루 일과도 부모님이 짠다. 친구의 부모님이 원하는 직업은 바로 의사다. 친구는 내가 보기에도 예술 쪽으로 가면 좋을 것 같긴 한데 부모님은 공부를 하길 원한다. 물론 그 친구는

공부도 아주 잘한다. 그리고 부모님께서 자주 하는 말이 있다고
한다.

"너는 우리의 희망이야."
"너는 커서 의사가 되렴. 얼마나 멋진 직업이니?"

만약 내가 그 친구처럼 이런 말을 계속 듣게 된다면 가출해 버
렸을지도 모른다. 우리 십대가 부모님의 희망이 될 수도 있지만
그 희망이라는 것이 과도하면 우리를 힘들게 한다. 우리들도 각
자 나름대로의 삶이 있다. 하지만 가끔 부모님은 우리가 부모님
의 꿈을 대신 이루는 존재로 생각하는 것 같다.

하지만 우리들에게는 꿈이 있고, 얼마든지 꿈을 이룰 수 있는
힘이 있다. 나는 이 책을 읽으면서 정말 많은 것을 느꼈다. 요즘
십대들 중 가슴속에 담대한 꿈을 품고 있는 사람이 과연 몇 명이
나 될까?

변호사가 되고 싶어 하는 친구가 있다. 그리고 만화가가 되고
싶어 하는 친구도 있다. 그런데 안타까운 것은 만화가가 되고 싶

으면서도 주변 환경 때문에 변호사가 되고 싶다고 하는 친구도 있다.

우리는 학교에서 긴 수업을 들을 수 있고 여기에서 더 부족하면 엉덩이가 아플 때까지 앉아 있을 수도 있다. 하지만 우리가 부모님의 희망이라는 말은 정말 화가 난다. 한 번쯤은 우리를 믿어 줄 수도 있고 한 번 사는 인생이므로 자신이 원하는 것을 하며 살 수도 있지 않을까. 내가 하고 싶은 일은 따로 있는데, 언제까지 부모님이 원하는 데로 할 수는 없는 노릇이다. 공부를 강요하는 것 보다 희망이라면서 나와 맞지 않는 무언가를 강요하는 것이 우리에게는 더 힘이 든다.

"넌 우리의 희망이야."라는 말보다는 "우린 널 믿어."라는 말이 더 좋다. 때로는 말없이 지켜봐 주는 것이 최고의 응원이 될 수 있다.

그러나 이번에는 부모님의 입장이 되어 보자. 부모님도 우리처럼 꿈을 꾸는 시기가 있었을 것이다. 그리고 꿈을 이룬 부모님과 꿈을 못 이룬 부모님도 있을 것이다. 보통은 공부가 얼마나 중요한지, 어떻게 해야 하는지, 친구 관계는 어때야 하는지 모두 겪어 보았기 때문에 알고 있다. 그리고 우리가 잘 되길 바라는 마음에 더 잘하라고 강요하는 것일 수도 있다. 하지만 엄마, 아빠의 강요로 인해 상처받는 친구들이 있다. 자신을 위한 부모님의 걱정인 줄은 알지만, 또 부모님을 기쁘게 해드리고 싶지만, 부모님의 기대치에 오르지 못하는 자신을 보면 슬퍼지는 것이다. 가장 대표적인 경우는 부모님께 죄송한 마음이 들어서 마음고생을 하고 있는 경우다. 부모님의 온갖 기대와 희망을 받고 있지만 부모님을 만족시켜 드릴 수가 없는 것이다. 사실 학교에서는 엄마, 아빠가 생각하는 그런 대단한 학생이 아니다. 자신보다 훨씬 잘하는 친구들이 수두룩하고, 잘난 애들에 비하면 아직 너무 부족하기에 스스로 다른 친구들과 비교하며 죄책감 아닌 죄책감을 가지고 살고 있다. 그 스트레스는 정말 크다.

"넌 우리의 희망이야."
"우리한테는 너밖에 없어."

부모님이 우리들에게 이렇게까지 말하지 않아도 우리가 얼마나 중요한 존재인지, 부모님에게 어떤 존재인지 알고 있다. 혹시 우리가 모르고 있다면 어른들은 "희망이야."라는 말 대신 다른 방법으로 알려주면 된다. 뭐든지 넘쳐도 좋지 않고 모자라도 좋지 않은 것이다. 그리고 꼭 기억해 주었으면 좋겠다. 저 말 한마디가 우리들을 자극하는 데 도움이 되는 것이 아니라 더 힘들게 한다는 것을, 때로는 믿는다는 작은 표현이 더 힘이 된다는 것을 말이다.

07

엄마의 행복이
나의 행복은 아니잖아요

"엄마는 옛날에 이거 하고 싶어도 못했어."

"엄마가 그렇게 하라고 했으면 잔말 말고 해!"

"이건 다 널 위해서 하는 거야."

엄마의 말을 듣고 있으면 나는 엄마가 하지 못했던 것을 해야 하는 것일까?라는 생각이 든다. 엄마가 하고 싶었던 것을 해서 엄마를 기쁘게 해 드리고, 엄마의 행복을 위해서 공부해야 하는 걸까? 이 말들이 정말 나를 위한 것일까? 이것들은 순전히 엄마를 위한 것이지 나를 위한 것은 아니다. 공부는 꼭 필요하고 나중에 도움이 되는 것은 사실이지만 저렇게 말하면 우리에게는 이미 엄마의 행복이 되어 버린다. 아무것도 더 이상 하고 싶지 않아진다.

부모님들이 우리를 생각하고 걱정하는 것은 당연한 일이다. 우리들도 그것쯤은 알고 있다. 그러면 무엇이 문제일까? 바로 너무 과한 애착이다. 엄마와 아빠가 나를 사랑하는 것은 너무나도 잘 알고 있다. 그래서 더 감사하다. 하지만 부모님은 우리에게 무리한 것을 요구하며 우리를 과대평가한다.

"내 아들딸인데 이 정도 쯤이야."

우리가 무슨 만능 기계도 아니고 부모님이 원하는 모든 것을 다 해결할 수는 없다. 하지만 부모님들은 끝도 없이 이것저것 요구한다. 이거 하고, 저거 해라. 정작 우리들은 학원을 바란 적도 없는데 어느새 이리저리 학원을 몇 개씩 다니느라 바쁘다. 내가 하는 것 중 정말로 내가 하고 싶어서 하는 것은 많아야 3개 정도이다. 아니면 아예 없을 수도 있다. 우리들도 각자 나름대로 하고 싶고, 또 원하는 것이 있는데, 정작 내가 하고 있는 것은 공부와 엄마를 만족시키는 일이다.

내가 하고 싶은 것을 참아야 하고 절제를 해야 하는 것이 사실이다. 가끔은 학원이 편한 곳일 수도 있다. 하지만 우리는 아직 꿈을 위해서 아무것도 해본 것이 없다. 사람들은 우리들에게 꿈을 찾으면 그 꿈을 이루기 위해 무엇이든 시도해 보고 도전하고 또 노력해 보라고 하지만 지금의 십대는 꿈이 없는 친구들이 정말 많다. 내 주변 친구들을 봐도 꿈이 있는 친구들과 없는 친구들이 있다. 그리고 꿈을 강요받는 친구들이 있다.

"저는 수학 선생님이 되고 싶습니다."
"엄마가 변호사 되래요."
"저는 헤어디자이너요."
"저는 아직 꿈이 없습니다."

어떤 부모님들은 우리들에게 자신이 원하는 직업을 강요한다. 하지만 그것은 부모님의 꿈일 뿐이다. 우리들은 어른들의 바람을 채워주는 기계가 아니다. 물론 이 모든 말들이 우리를 위한다는 것은 변함이 없다. 부모님은 우리보다 더 오래 살았고, 내가 더 좋은 길로 편한 길로 가기를 원하는 마음이기 때문이다. 어쩌면 미래의 나도 자식에게 지금의 부모님과 똑같이 그럴지도 모른다. 하지만 부모님이 자꾸 보채는 것도, 강요하는 것도 너무 힘들다.

내 친구 중에 공부를 잘하는 친구가 있다. 그 친구는 선생님이 꿈이다. 그래서 더 열심히 노력하는 중이다. 한국사는 기본이고 영어와 수학도 잘한다. 사회 정리는 더 잘한다.

"이건 어떻게 푸는 거야?"
"아 그건 이렇게 푸는 거야."

내가 어려운 문제를 물어보면 설명을 잘해주는 고마운 친구다. 이 친구는 스스로 노력하는 모습이 정말 멋지다. 물론 엄마가 뒷바라지를 해주는 것도 있지만 스스로 할 거리를 찾는 '노력파' 학생이다. 이 친구뿐만이 아니다. 내 주변에는 이렇게 스스로 꿈을 향해 노력하는 친구들이 많다. 그런데 어른들은 우리가 부족하다고 느껴지는지 자꾸 다른 것도 해 보라고 시킨다.

"왜?"

"우리를 믿지 못하는 걸까?"

"내가 하고 있는 것이 부족한가?"

"공부가 그렇게 중요한가?"

"지금도 잘 살고 계시면서 왜 공부를 더 열심히 할 걸…… 이라고 하시는 거지?"

"지금 정말 잘하고 있는 것 같은데?"

"뭐가 문제인 거야?"

이런 생각들이 머릿속에 스친다.

내 친구는 중간고사 때 정말 좋은 성적이 나왔다. 본인은 정말 만족했고 부모님도 기뻐할 것이라고 생각했다. 하지만 친구의 부모님은 왜 성적이 그것밖에 안 되냐면서 오히려 친구에게 화를 냈다. 친구는 곧 기말고사인데 정말 걱정이 된다고 말했다.

"시험 잘 봤냐?"

"망했어."

"몇 점인데?"

"2개나 틀렸어."

"완전 잘했네! 난 7개 틀렸거든!"

"집에 들어가면 엄마한테 혼나."

"힘내라."

2개 밖에 틀리지 않았는데, 2개나 틀렸다고 혼을 내는 부모님들은 많다. 2개를 틀리고 혼났다는 것은 1개 혹은 다 맞으라는 소리인 것 같다. 이는 결코 쉬운 일이 아니다.

'노력은 배신하지 않는다'

주변에서 흔히 들어본 말이다. 하지만 나는 아직 확신이 서지 않는다. 정말 노력은 우리를 배신하지 않을까? 어떤 사람에게는 사실이 될 수도 있지만 다른 사람에게는 거짓말이 될 수도 있다. 우리들도 우리 나름 대로 열심히 공부하고 숙제를 한다. 또 수업 시간에 선생님의 말을 잘 들어보려고 한다. 가끔씩 떠들거나 조는 것, 숙제를 못 해오는 것도 사실이지만 그래도 노력하고 있다. 하지만 시험 결과는 만족스럽지 못할 때가 많다. 성적이 잘 나오지 않을 때 속상한 것은 부모님뿐만이 아니다. 우리들도 절망스럽고 속상하다. 그런 우리에게 위로가 담긴 따뜻한 말 한마디가 아닌, 부모님의 독설이 귀에 먼저 꽂힌다.

우리들은 엄마가 하고 싶은 것, 엄마의 행복이 무엇인지 정말 궁금하다. 마치 답이 나오지 않는 무한 소수 같기도 하다. 그리고 엄마의 만족감은 '미지수'이다. 대체 우리는 어디까지 해야 잘한 것이고 어디까지 해야 못한 것일까? 아직도 잘 모르겠다. 하지만 이것만은 분명하다. 엄마의 행복과 우리의 행복은 다르다. 엄마가 요구하는 것이 때로는 우리가 정말 하기 싫은 일이 수도 있고 처음부터 싫을 수도 있다. 정말 재미있고 즐거운 일도 많지만 하기 싫은 일이 더 많을 뿐이다. 내가 하고 싶은 것이 따로 있다.

우리들은 앞으로의 미래가 펼쳐져 있다. 그리고 우리가 미래의 길을 더 쉽게 걸으려면 공부를 열심히 해야 한다는 것도 알고 있다. 지금부터 꿈을 찾고 앞으로도 꿈을 꾸며 나아가야 한다. 십대는 아직 자라나는 새싹이다. 하지만 지금의 우리는 공부와 부모님의 바람이라는 '틀' 안에 갇혀 있다. 공부를 더 열심히 하고 시험을 잘 쳐야 선택의 폭이 넓어진다. 하지만 공부만 질리도록 하고 부모님이 원하는 것만 하고 시험을 잘 친다고 해서 꼭 행복하다는 법은 없다. 인생의 주인공은 우리들이지 엄마가 아니다.

스스로 삶의 방향을 찾고 인생이란 도화지에 그림을 그려야한다. 우리들의 행복이 엄마의 행복과도 같은 등식이 결코 아니다. 그래서 나는 엄마, 아빠가 나를 과잉보호하지 않았으면 좋겠다.

물론 이런 말을 하는 내가 아직 철이 없다는 것도 너무나 잘알고 있다. 지금 이 말이 부모님에게 날카로운 가시가 되어 상처를 입힐지도 모른다. 때로는 내 생각이 미지수일 수도 있다. 나중에 커서 "엄마가 말하는 데로 할 걸……"이라고 후회할지도 모른다. 내가 얼마나 짜증을 부렸는지, 얼마나 심한 말을 했는지 그제야 깨달을 수도 있다. 정말 힘이 들 때는 엄마가 없을 때가 있을 수도 있다. 하지만 우리는 아직 그런 것들을 모른다. 우리는 아직 어른이 아니다. 그런 것들을 알기에는 아직 어리다. 그리고 우리의 행복은 엄마의 행복과는 조금 다르다.

08

성공하려면
꼭 공부를 해야만 하나요?

십대의 문제를 아주 간단하게 네 가지 정도로 꼽자면 진로, 외모, 대인관계, 공부이다. 그중에서도 공부는 우리를 아주 힘들게 한다.

"십대들의 직업은 학생이고 학생은 공부가 본분이야, 그러니 죽을힘을 다해 공부해야지."

이런 말들은 우리들을 질리게 하고 공부하기 싫게 만든다. 어른들의 말씀대로 학생의 본분은 공부에서 시작하지만 공부가 전부는 아니다.

놀고 싶고 하고 싶은 것이 많은 십대이지만 '공부'를 빼 놓을 수 없다는 것은 이미 알고 있다. 그런데 여기저기에서 '공부, 공부'라고 하니 머리가 아프다. 공부만 강요한다고 해서 성적이 오르는 것은 아니다. 공부를 잘해야 잘되는 것은 틀린 말이 아니다. 공부를 해야 선택의 폭이 넓어지고 기회가 많아진다. 또 과거나 현재를 보더라도 성공한 위인을 보면 대부분 공부를 아주 잘했거나 공부를 하고 싶다는 그런 의지와 의욕이 엄청났다.

퀴리 부인은 가정 형편이 좋지 않았다. 그러나 공부를 열심히 해서 2살이나 일찍 학교에 들어갔고 전 과목에서 1등을 했다. 그녀는 수많은 어려움을 이기고 노벨 물리학상과 노벨화학상을 받았다. 이 정도면 엄청나게 성공한 일이 아닌가? 물론 이 과정을 넘기까지 많은 노력과 인내가 필요했겠지만, 결국 공부는 아주 중요한 쿠폰이 되어 버린 셈이다.

프랭클린은 미국에서 태어났다. 그는 8살 때 학교에 들어갔지만 집안 형편이 어려워져 형이 일하는 인쇄소에서 낮에는 일하고 밤에는 독학으로 공부했다. 프랭클린은 어른이 되어서 미국 최초의 잡지를 발행했고, 달력을 만들어 크게 히트해 유명해졌다.

프랭클린은 자연과학에도 관심이 많아 열심히 연구했고, 난로를 발명해 유명해지기까지 했다. 또한 피뢰침을 발명한 공로로 과학자에게 주어지는 최고의 명예훈장인 코프리금패를 받았다. 이 이야기에서도 '공부'라는 단어가 빠지지 않는다.

우리가 잘 아는 미국 16대 대통령 에이브러햄 링컨 또한 손에서 책을 놓지 않았다고 한다. 이처럼 성공한 사람들의 인생 속에는 공부가 항상 존재하고 책을 달고 살았다. 하지만 다르게 생각해 보면 공부를 잘해서 성공한 사람은 소위 말하는 상위 10%에 속한 사람들뿐이다.

우리가 정말 잘하고 재미있어 하는 것을 열심히 할 때 그것이 참 성공의 열쇠가 되지 않을까? 사실 재미있으면 부모님께서 하지 말라고 해도 열심히 하게 된다. 하지만 공부는 결코 재미있지 않다.

우리는 공부가 정말 싫다. 세상에 공부를 좋아하는 사람이 어디 있을까. 이렇게 싫은 공부를 해야만 성공할 수 있다고 사람들은 말한다. 그리고 우리 십대들도 그런 사실을 아예 모르고 있지 않다. 공부를 해야지 우리가 하고 싶은 것을 할 수 있고 좋은 대학에 갈 수 있다. 그리고 우리의 꿈도 이룰 수 있다. 하지만 그 뿐이다. 우리가 알고 있는 것은 딱 여기까지다. 그러니 우리가 공부의 가치를 이해하기란 쉽지 않다.

'공부'하면 가장 먼저 생각나는 단어가 있다. '시험', '성적', '부모님', '좋은 대학교', '좋은 직장', '성공', '스트레스' 등이다. 하지만 이런 말들을 풀어놓기 전에 '성공'이 과연 무엇일까?

사람마다 성공의 기준은 다르다. 누구에게는 자신의 꿈을 이루는 것이 성공하는 것이고, 또 어느 누구에게는 많은 사람들이 인정해 주는 것이 성공이라고 생각하기도 한다. 이 문제에는 답이 없다. 이 문제를 푸는 사람이 어떤 목표를 가지고 있고, 어떤 생각을 가지고 있는지에 따라 답은 달라진다. 하지만 이 질문에 하찮은 답이라는 것은 존재하지 않는다.

'성공'이라는 자체가 아주 값지고 달콤한 말이기 때문이다. 내가 생각하기에 누구나 성공하는 인생을 살 수 있다. 하지만 그 성공의 모양이 다를 뿐이다. 어떤 사람은 모든 사람에게 인정받고, 최고의 상패와 위인전에 실리는 것이 성공일지 모른다. 또 어떤 사람의 성공은 아주 편안하게 생을 마감하는 것 일지도 모르기 때문이다. 그 성공의 값어치가 다르고 높이가 다를 뿐이라고 생각한다.

나에게 성공이란 나의 꿈과 목표를 이루고 세계에 알리는 것이다. 그래서 열심히 노력 중이다. 하지만 나에게 성공은 아주 무한한 것이 아닐까 싶다. 나는 아직 하고 싶은 것이 많다. 작가뿐만 아니라 통역사, 교사 등 한 가지를 이루면 또 다른 목표를 향해 나아가고 싶다. 하지만 아직 공부의 가치를 잘 알지 못한다.

공부, 공부가 대체 무엇이기에…… 마치 공부가 우리에게 "나를 배워!"라고 명령하는 것 같다. 우리는 끊임없이 공부한다. 학생일 때는 물론이고 우리 부모님도 지금까지 공부를 하고 있으니까 말이다.

공부란 새로운 것을 알고 깨우치는 일이다. 하지만 계속 머릿속에 새로운 것들을 집어넣기만 하면 교통정리가 잘 되지 않는다. 가끔씩 컴퓨터에 불필요한 것들을 제거하듯 우리들에게도 그런 정리가 필요하다. 그렇다면 머릿속 교통정리를 하려면 어떤 활동이 필요할까?

나는 머릿속 교통정리가 필요할 때면 자거나, 노래를 듣고 책을 읽는다. 내 친구는 핸드폰으로 머릿속을 정리한다. 그리고 우리 엄마는 공부로 머리를 정리하고, 아빠는 운동으로 머리를 정리한다. 이렇듯 사람들은 다양한 방법으로 머릿속을 정리한다.

우리 십대들도 마찬가지다. 머릿속을 정리하기 위한 모든 것은 준비되어 있다. 그저 할 마음만 있으면 된다. 그래서 어른들이 우리에게 1시간 동안 공부의 중요성을 주제로 입 아프게 말을 해도 우리는 이해하지 못할 것 같다. 설사 이해했다고 치더라도 아마 완벽하게는 하지는 못할 것이다.

"엄마 공부는 왜 해?"

"공부를 해야 기회가 많아지잖아. 선택의 폭이 넓어지고."

"아빠 공부는 왜 해?"

"나중에 잘 먹고 잘 살아야지."

"야, 너는 공부를 왜 한다고 생각하냐?"

"공부니까……."

"너는?"

"그야……. 공부니깐?"

수많은 질문을 해도 항상 이 질문이 돌아온다.

"성공하려면 꼭 공부를 해야 하나요?"

이 문제에 대한 내가 찾은 답은 "그렇다."이다. 성공하려면 공부는 꼭 해야만 한다. 공부를 하고 지식을 쌓고 무엇이든 알아야지 성공할 수 있다. 나는 사실 성공을 하려면 공부를 안 해도 된다고 생각했다. 성공을 한 사람들 중에 공부를 못한 사람들도 많이 있었기 때문이다. 그리고 성공은 누구나 나름의 기준이 있다고 생각했다.

지금까지 내가 찾은 답은 공부를 잘하고 능력이 좋아야 어디에서든 인정받을 수 있다. 좋은 대학에 가고 좋은 직장을 다녀야 능력 있는 사람이 되고 주변 사람들에게 인정받는다. 또 그것이 성공이라고 생각하는 사람이 많다. 성공을 하려면 공부를 하는 것이 훨씬 효과적이므로 해야 하는 것은 맞다. 하지만 그것이 모든 것에 적용되지는 않는다.

09

엄마는 조종사, 나는 로봇

십대의 삶은 규칙적인 생활 속에 제한되어 있다. 마치 로봇처럼 맞춰 나가는 삶 속에서 우리는 우리들의 꿈을 잃어버렸다. 오늘날의 십대를 비유하자면 '로봇'이 적합할 것 같다. 로봇은 누군가의 지시에 일을 해내는 기계다. 지금의 십대는 이런 로봇의 모습과 매우 흡사하다.

우리가 로봇이라면 지시를 내리는 그 '누군가'는 누구일까? 사람마다 그 기준이 달라질 수 있다. 하지만 보편적으로 생각했을 때 그 누군가는 아마 엄마일 것이다. 사랑하는 엄마는 한없이 따뜻하고 강한 사람이다. 동시에 우리에게 지시를 내리는 특별한 사람이기도 하다.

"자, 수학 학원이 끝났으면 이제는 영어 학원 가야지?"

"엄마, 오늘은 영어 학원 안 가면 안 돼요?"

"어머, 무슨 소리니. 영어 학원 다음에는 보충 수업도 들어야 하는데. 보충 수업은 8시란다."

"하지만 오늘은 너무 힘들어요."

"얘가 정말. 옆집 아이는 벌써 고등학교 과정을 공부한다더라. 정신 차려. 아직 멀었어. 추월당하는 것도 한순간이야."

"그런데 오늘은 정말 힘들어요."

"요즘, 안 힘든 사람이 어디 있어. 엄살 그만 부리고 빨리 영어 학원에나 가!"

엄마와 우리들 사이에 흔한 대화다. 언제나 승자는 엄마다. 논리적으로 말을 해보려 하지만 승리는 언제나 엄마다. 그리고 우리는 엄마의 지시대로 움직인다. 마치 로봇처럼. 영어 학원을 마치고, 수학 학원을 갔다가 보충 수업을 듣고 공부방, 집에 돌아와서는 인터넷 강의, 마치 곳곳에 있는 미션을 수행하듯이 이리저리 바쁘게 뛴다. 그 뿐만 아니라 숙제 분량도 어마어마하다.

하루하루를 엄마의 지시대로 살아가다 보면 마치 나 자신을 잃어버리는 듯한 느낌을 받는다. 자율학습은 이미 떠나 버린 지 오래다. 말로만 자율학습이지 사실은 로봇들의 규칙적인, 지시학습이다. 이러한 생활의 반복으로 인해 십대들에게는 부작용이 일어났다. 십대들이 스스로 목표를 찾지 못하는 것이다. 꿈도 없고 스스로 대처하는 능력도 매우 떨어진다. 십대 로봇들은 자신의 꿈에 대한 고민 없이 위태로운 삶을 살아가고 있다.

"야, 우리 이번 주말에 놀러 가자."
"콜! 아 잠깐만. 나 안 될 것 같다. 학원 가야돼."
"헐, 토요일인데?"
"응. 다음에 놀자."
"그래, 힘내."

토요일에도 학원을 가는 친구는 정말 스스로 가고 싶어서 가는 것일까? 이 친구는 놀고 싶지 않은 걸까? 아닐 것이다. 친구들하고 다양한 문화생활을 즐기면서 재밌게 놀고 싶을 것이다. 엄마가 하라는 것, 아빠가 하라는 것, 학원 선생님이 하라는 것 등 많은 주변 사람들의 의지와 바람, 지시를 따르는 것일 뿐이다.

우리들이 원해서 하는 일은 눈 씻고 찾아봐도 잘 보이지 않는다. 이럴 때 보면 우리는 영락없는 로봇이다. 항상 엄마를 비롯한 주변 사람들의 지시를 따라야만 하는 로봇같다. 물론 우리가 아직 판단력이 성숙치 않은 것은 사실이다. 내가 원하는 것을 뚜렷하게 말하는 것도 쉽지 않을 뿐더러 그것이 과연 옳은 일인지 장담할 수도 없다. 하지만 우리가 원하는 것이 없는 것은 결코 아니다. 항상 어른들은 물어본다.

"너 정말 이거 할 거지?"
"혹시 이거 말고 다른 거 하고 싶은 거 있니?"

우리에게 큰 기회이지만 제대로 답하지 못한다. 혼날까 봐, 내가 말한 답이 혹시 잘못된 것은 아닐까 하다 결국 기회를 놓쳐버린다. 이러한 삶의 반복은 결국 십대들이 로봇이라고 증명하는 것 밖에 되지 않는다. 하지만 우리들조차 자각하지 못하는 것이 대부분이다.

방학 기간에는 학원들마다 새 학기에 배울 내용을 무서운 속도로 진도를 나간다. 방학이 아닌 것 같다. 물론 예습이 중요한 것은 사실이다. 하지만 너무 과한 것은 오히려 독이 될 수도 있다.

무엇이든 과한 것은 오히려 역효과를 일으킨다. 운동도 너무 과하게 하면 몸에 무리를 줄 수 있고, 과한 독서도 정신에 무리가 올 수도 있다. 이렇게 일상적인 것도 과하면 독이 되는 것 처럼 공부도 마찬가지다. 공부를 너무 과하게 하면 몸에 무리가 온다. 꿈을 가질 틈도 없다. 요즘은 많은 사람들이 시간과 일, 공부에 치이며 살고 있다. 항상 꿈을 가져야 할 사람들인데 남녀노소 누구라 할 것 없이 꿈이 없는 사람들이 너무 많다. 가장 안쓰러운 십대는 꿈과 비전이 없는 친구들이다. 누구나 알고 있듯이 꿈이란 자신이 이루고 싶은 간절한 것이나 미래에 하고 싶은 일을 말한다. 그렇다면 비전이란 무엇일까? 비전이란 내다보이는 장래의 상황으로 이미 이룬 자신의 모습을 상상하는 것이다. 십대는 한창 꿈과 비전을 가져야 할 때다. 하지만 요즘 십대들은 전혀 그렇지 않다. 꿈과 비전은커녕 당장의 계획과 목표도 없이 반복되는 생활에 따라 물 흐르듯 흐를 뿐이다.

내가 만난 친구 중에는 무조건 엄마 말 데로만 사는 친구가 있다. 이 친구는 자신의 의지로 선택하는 것 없이 오직 엄마 뜻대로만 한다. 그래서인지 선택을 잘 못한다. 친구와 함께 있을 때도 그냥 다른 친구들한테 떠넘기기 바쁘다. 그저 상황에 따라 맞춰서 흘러갈 뿐이다. 그런데 나도 약간 그럴 때가 있다. 둘 중 한 가지를 골라야 하는데 내 의사를 뚜렷하게 말하기가 어렵다. 이러한 상황이 바로 '로봇 생활'의 부작용이다.

물론 로봇 생활이 나쁘지만은 않다. 이런 생활만큼 안정적이고 규칙적인 생활이 또 어디 있을까. 딱히 선택해야 하지 않아도 되는 이런 생활이 때론 편하다고 생각할 때도 있다. 학교, 학원, 학원, 집을 규칙적으로 다니다 보면 나중에 더 바쁘고 힘든 상황이 닥쳤을 때 로봇 생활이 편했다고 생각할 수도 있을 것 같다.

좋은 나무는 떡잎부터 알아본다. 그리고 우리 십대는 그런 떡잎이 보이기 시작할 때다. 이렇게 떡잎이 보이기 시작할 때 우리는 공부만 하고서는 행복해질 수 없다. 좋은 대학과 좋은 직장은 찾을 수 있겠지만 그것이 전부는 아니다. 우리는 십대이기 전에 사람이다. 당장 내일 죽을 수도 있다고 생각하면 공부에만 찌들어 있는 삶이 안타깝기만 하다. 그래서 우리는 엄마가 하라는 대로 시간에 치이며 로봇처럼 공부만 할 것이 아니라 규칙을 벗어나 자유로워져야 한다. 로봇과도 같은 삶에서는 꿈이나 목표를 발견하기 어렵기 때문이다. 때로는 방황을 해도 괜찮다. 하나의 추억과 경험과 시행착오일 뿐이다. 그러면서 우리는 튼튼한 떡잎을 만들고 성장해 나아가는 것이다. 십대는 아직 자라나는 새싹이다.

10

엄마는 나에 대해 얼마나 알고 있을까?

초등학생 때 충격적이었던 일이 있었다. 안내장에 학년, 반, 번호 등을 기록해야 할 부분이 있었는데 엄마는 내 반과 번호, 심지어 어느 학년인지도 몰랐었던 것이다. 사실 번호까지는 모를 수 있었지만, 반을 모른다고 생각하니 충격이었다. 하지만 지금 생각해 보면 당연한 일이었다. 내가 말한 적이 없으니 말이다.

엄마는 나에 대해 얼마나 알고 있을까? 태어나기 전부터 나는 엄마와 함께 있었다. 그리고 태어나자마자 부모님과 많은 시간을 보냈다. 또 어릴 때일수록 나를 가장 많이 아는 사람은 아마 부모님이었을 것이다. 하지만 시간이 점점 흐르면서 조금씩 변하고 있다. 이 말은 우리에 대한 부모님의 사랑이 식고 있다는 것이 아니라 대화가 줄어들고 있다는 것이다.

초등학교 고학년이 될수록 점점 바쁜 생활에 휩싸인다. 예습, 복습 등을 철저히 하기 위해 이리저리 바쁘게 뛴다. 그러다 보니 집에 있는 시간은 잠을 잘 때를 제외하면 별로 없다. 뿐만 아니라 부모님도 늦게까지 일을 하기 때문에 대화하는 시간이 길지 않다. 그리고 집에 있어도 각자 할 일이 있기 때문에 좀처럼 학교나 친구에 대해 이야기할 시간은 자연스럽게 줄었다. 그럴수록 엄마나 아빠는 내가 학교에서 무엇을 하는지, 집 밖에선 무엇을 하고 노는지 모르는 것은 정말 당연한 일이 되어 버렸다. 하지만 가끔씩 우리들은 부모님이 나에 대해 모른다고 서운한 감정을 느낄 때가 있다. 하지만 전혀 서운해 할 일이 아니다. 반대로 생각해 보면 과연 우리들은 엄마나 아빠에 대해서 얼마나 알고 있을까?

요즘은 대화가 넘치는 가정을 찾기가 힘들다. 맞벌이인 부모님도 많고 우리 또한 바쁜 생활을 하고 있기 때문이다. 사실 이러한 이유로 아침이라도 대화 시간을 가지라고 학교에서는 등교시간을 9시로 바꾸었다. 그러나 예전처럼 부모와 자녀가 대화하는 시간은 별로 없다.

어느 날 아빠가 술을 드시고 집에 왔는데, 나는 솔직히 조금 놀랐다. 아빠는 기분이 좋으신지 활짝 웃으면서 나에게 말을 많이 하셨다. 꿈과 일 등을 이야기하시며 평소에는 생각조차 할 수 없는 크기로 대화를 나누었다. 생각보다 아빠는 말이 많은 편이었고, 정말 긴 대화를 이렇게 아빠와 내가 할 수 있다는 사실이 놀라웠다. 이때 나는 대화가 얼마나 중요한지 깨달았다. 이 시간 동안 아빠는 나에 대해서, 나는 아빠에 대해서 더 잘 알게 된 계기가 되어서 기분이 좋았다.

사실 부모님에게 내 모든 것을 털어놓는다는 것은 쉬운 일이 아니다. 털어놓기 싫은 것이 아니라 누구에게나 비밀이라는 것이 있기 때문이다. 설령 가장 가까운 엄마나 아빠라고 해도 말하고 싶지 않은 것은 있다. 그러다 보면 부모님들이 모르는 우리들의 모습이 늘어나게 된다. 이런 것을 흔히 비밀이라고 부른다. 비밀은 부모님과의 사이뿐만이 아니라 친구 사이에도 있다.

어느 날, 나와 가장 친한 친구가 꿈이 없다고 말했다. 친구의 예전 꿈을 알고 있던 나는 갑자기 꿈이 없다는 친구가 걱정이 되어 물었다.

"너 진짜 꿈이 없어?"

"응."

"진짜?"

"응."

이런 대화를 수십 번 반복했었다. 그리고 마침내 그 친구가 말했다.

"나 꿈 있어. 너에게만 말해주는 거야."

"응, 뭔데?"

"……."

"말해 봐!"

"연예인."

"오!"

나는 그 친구의 말을 들었을 때 뒤통수를 한 대 맞은 기분이었다. 사실 나는 어렸을 때부터 하고 싶은 것이 많았다. 그래서 꿈이 없다는 것이 약간 이해가 되지 않았다. 하지만 꿈이 없는 줄만 알았던 이 친구도 꿈이 있었던 것이다. 나는 다른 사람들이 뭐라고 할까봐 속으로만 이루어갔던 그 친구의 꿈을 많이 응원해주고 집으로 돌아왔다. 원래 꿈은 여기저기 외치고 다녀야 이룰 수 있다고 한다. 그 친구가 꿈을 말할 수 없다는 것은 많이 안타깝지만 그 친구로 인해 나는 모든 사람들에게는 비밀과 속사정이 있을 뿐만이 아니라 바라는 것 한 가지씩은 다 있다는 것을 알았다.

이렇듯 친구 사이에도 비밀은 존재한다. 그런데 부모님이라고 해서 없을 이유가 없다. 그리고 바로 이 상황이 모든 문제의 원인이다. 물론 개인의 사생활은 개인의 권리라고 말할 수도 있지만 자기가 말하지 않아 놓고서 부모님을 탓하는 것은 정말 터무니없다. 부모님이 얼마나 우리를 사랑하고, 관심을 나타내는지 우리가 더 잘 알고 있다. 그런데 나에 대해 잘 모른다고 서운해 하는 건 다시 한 번 생각해 보아야 할 문제다.

물론 다른 경우도 있다. 부모님이 바쁘기 때문에 신경을 쓸 겨를이 없기도 하다. 하지만 생각해 보면 가장 일차적인 원인은 바로 우리에게 있다. 부모님이 힘들게 일하는 가장 큰 이유는 우리를 키우기 위해서, 가족의 생계를 이어나가기 위해서다. 하지만 이로 인해 대화할 수 있는 시간이 거의 없어진다는 것도 사실이다. 그렇다고 해서 이 상황을 부모님 탓으로만 돌리면 안 된다.

세상에는 많은 가족들이 있다. 그리고 그 가족마다 상황은 다 다르다. 어떤 부모님은 자기 자신보다 자녀를 더 잘 알고 있을지도 모르고, 어떤 부모님은 자녀에게 무신경할 수도 있다. 또 어떤 집은 엄마가 나에 대해 잘 모른다고 착각해서 서운해 하는 곳도 있을 것이다. 그리고 정말 심각할 정도로 대화를 안 하는 집도 많을 것이다. 그래서 우리는 대화를 하려고 노력해야 한다. 우리는 더 이상 엄마나 아빠가 우리에게 무관심하다고, 잘 모른다고 원망하지 말자. 우리가 대화를 하면 된다. 사소한 일이라도 먼저 말하고 같이 나누어야 한다. 그러면서 서로에 대해서 더 잘 알아가야 하는 것이다. 그래야 가정이 화목할 수 있지 않을까?

왜, 우리는
사춘기를 지나야만
어른이 될 수 있을까?

십대가 진짜 속마음으로
생각하는 것들

정말 지금의 고민이 나를 성장하게 할까?

요즘 십대들은 다양한 고민에 빠져 있다. 외모, 학업, 진로, 대인관계 등이다. 이 고민들은 십대라면 누구나 해봤을 것이다. 그리고 어른들은 그 고민이 성장의 증거라고 말한다.

고민을 계기로 그 고민을 해결해 나아가는 과정이 우리에게 도움이 되는 건 맞는 것 같기는 하다. 그렇게 하다 보면 이럴 땐 어떻게 해야 하고, 다를 땐 어떻게 해야 하는지 알 수 있기 때문이다. 하지만 현실적으로 우리가 하는 고민들은 그렇게 진지하지 않다. 진로 문제 등을 제외하고는 거의 사소한 고민거리이다.

"아, 여드름 어떡하지?"

"오늘 숙제 안 했는데."

"이걸 할까? 저걸 할까?"

"친구 생일 선물은 뭐가 좋을까?"

우리가 일상생활에서 많이 하는 고민들은 그다지 우리를 성장시키는 것 같지 않다. 물론 이 고민들은 고민을 더 했을 때 더 나은 대처 방안을 세울 수 있다. 하지만 그게 전부다.

내가 말하고 싶은 것은 우리의 고민이 성장하는 데 도움을 주는 것은 사실이지만 모든 고민들이 다 그렇지는 않다는 뜻이다. 예를 들어 진로 고민은 우리들이 성장할 수 있는 기회가 되기도 한다. 육체적인 성장이 아니라 심리적인 성장 말이다. 그러나 반대로 아주 사소한 일회성 같은 고민들은 시간만 허비하게 되는 경우가 종종 있다.

"정말 지금의 고민이 나를 성장하게 할까?"

우리가 어떤 고민을 하느냐에 따라 얼마나 성숙해지는지, 혹은 얼마나 단련이 되는지가 결정된다. 종종 어른들은 우리가 하는 고민들을 쓸데없다고 말한다. 그렇다면 우린 항상 도움이 되는 고민을 해야 할까?

친구들끼리 서로의 고민을 털어놓은 적이 있었다. 난 워낙 자유분방해서 그 당시 고민은 없었기에 들어주기만 했다. 첫 번째 친구의 고민은 친구 문제였다.

"나 있잖아, 이번 학기 들어서 친한 애들하고 다 떨어졌어. 그래서 그냥 쭈뼛대고 있었는데 어떤 애가 와서 나에게 말을 걸었단 말이야. 처음에는 서로 잘 놀았어. 그러다가 몇 개월 지나니까 친구가 늘어서 같이 다니게 되었어. 그렇게 한 몇 주 또 잘 놀았는데 이틀 전에 그 친구 중 두 명이 싸운 거야. 나는 옆에 서서 지켜보기만 했는데도 난처해지더라고. 내가 뭘 어떻게 해 줄 수도 없고. 그래서 지금 사이가 서먹서먹해. 답답해 죽겠는데 뭘 어떻게 해야 할지 모르겠어."

"그럼 안 싸운 친구들끼리 놀아!"

"그것도 난처해."

"그럼 진짜 답이 없네."

"맞아."

이어서 다른 친구들도 자신의 고민을 말하기 시작했다.

"나 진짜 심각해."

"뭐가. 말해 봐."

"내가 수학 진짜 못하는 거 알지?"

"응."

"아 근데 엄마가 나 수학 학원 하나 더 붙였어!"

"와. 그럼 너 학원이 몇 개야?"

"5개! 영어, 과외, 수학, 논술 그리고 또 수학! 아니 내가 가고 싶었던 게 아니라 집에 가니까 엄마가 이미 신청했더라고. 솔직히 나는 커서 수학 쪽으로 갈 것도 아닌데. 미쳐버리겠어. 정말!"

"야 그래도 언젠가는 도움이 되겠지. 누가 그러는데 대학을 잘 가려면 수학을 잘해야 하고 인생을 잘 살려면 영어를 잘해야 한데."

"아 그래도 5개는 좀 아닌 것 같긴 하다."

"아, 울고 싶어라."

우리는 완벽한 해결 방법을 내어주지 못했다. 우리가 할 수 있는 일에는 한계가 있었기 때문이다. 어찌 됐든 마지막 친구의 고민을 들어주기로 했다.

"나 가출할까?"

"미쳤어?"

"제 정신이냐?"

"나 지금 심각해."

"집 나가면 개고생."

"너 또 언니랑 동생 때문이냐?"

"아 진짜 싫어! 너넨 중간의 고통을 몰라."

"왜. 또 뭐라 했어?"

"아니 물 떠다 달랬는데 떠다 주긴 떠다 줬다? 주다가 그거 이불에 엎질렀는데 언니가 엄청 화를 내는 거야. 그리고 난 그냥 학원을 갔지. 근데 집에 오니까 내 방 이불에도 물 엎질러져 있고 동생은 내가 한 미술 숙제에 크레파스로 찍찍 그어 놓았더라고. 언니는 또 내거 옷 빌려가서 묻혀 놓고. 내가 제일 아끼는 건데 언니한테 뭐라 했더니 엄마는 왜 소리 지르냐고 나만 야단맞고. 뭐든 다 내 잘못이야."

"그래도 가출은 좀 오버야."

　우리는 친구에게 가출은 하지 말라고 신신당부하며 헤어졌다. 십대에게는 다양한 고민거리가 있다. 쓸데없는 것부터 아주 심각한 것까지 우리가 생각하기에 짜증나고 기분 나쁘고 문젯거리가 되면 모두 고민이다. 이런 고민을 친구, 부모님, 선생님과 나누고 또 일기에 쓰고 나면 속이 뻥 뚫리는 것 같이 시원하다. 생각해 보면 고민은 나쁜 점만 있는 것 같지는 않다.

　십대가 고민을 통해 성장한다는 것도 지금이 그때이기 때문에 가능한 것 아닐까? 만약 고민이 아무런 도움이 되지 않는다 해도 이런 고민을 가지고 친구와 이야기를 하며 우정을 쌓으면 된다. 더 좋은 계기를 찾고 더 좋은 방안을 찾는 것이다. 그러기에 우리를 청춘이라고 부르는 것이고, 우리는 더욱 성장하는 것이다. 내가 찾은 해답은 우리를 충분히 성장시킨다는 것과 앞에 닥친 고민을 가려 해야 할 필요가 없다는 것이다. 나는 앞으로 남은 시간 동안 청춘의 권리를 누리며 고민하고 성장하고를 반복할 것이다.

우리의 또 다른 이름, 공부 기계

누구에게나 이름이 있다. 사람뿐만이 아니라 개, 고양이, 거북이 등 동물들과 식물들까지 이름이 있다. 우리 십대들도 각자의 이름이 있다. 그런 우리들에게 또 다른 이름이 있다면 그건 바로 '공부 기계'가 아닐까.

누구나 알고 있듯이 십대들의 기본적인 활동은 공부다. 교육을 통해 더 많은 것을 배우는 것이 우리 십대의 본분이자 생활이다. 요즘에는 이러한 현실 때문에 아픈 십대들이 적지 않다. 나중에 커서 잘 쓸 것 같지도 않은 수학 공식을 외우고, 앞으로는 별로 필요하지 않을 것 같은 수학 문제를 풀고, 외국에 가서 살지 않더라도 영어를 배우는 등 많은 불만을 갖고 공부를 해왔을 것이다. 학년이 올라가면 올라갈수록 내용은 점점 어려워지고 십대들은 아주 병들 지경이다. 십대의 마지막을 보내고 나면 공부 기계가 되기에 최적화된 모습이 아닐까 하는 의심이 들 정도다. 공부가 싫다고 하면서도 또 해야 하는 것이 공부다.

　나는 중학생이 되기 전까지 상위권의 성적을 유지했다. 나쁘지 않은 성적이었지만, 부모님도 성적이 나빠도 괜찮다며 크게 공부에 대해 스트레스를 주지 않았다. 물론 그때는 초등학생이었으니 그럴만했다. 하지만 중학생이 되고 난 후부터는 나의 전성기와 이별을 하고 말았다. 시험 과목 수가 두 배로 늘어나면서 학원도 늘었다. 집에 오는 시간도 늦은 저녁이나 되어야 돌아왔다. 하지만 무엇보다 나를 힘들게 했던 것은 중학교 1학년은 시작도 아니라는 것이었다. '갈수록 태산이다'라는 말이 제격이었다.

　학기 초에는 스케줄을 감당하기 힘들어서 학교 책상이 마치 제2의 침대인 것처럼 사용했었고 학원 숙제 분량을 다 채울 수 없었다. 확실한 꿈과 목표는 가지고 있었지만 이루기 위해서 가장 기본적인 것이 공부였고 나는 해야만 했다. 아무리 공부가 하기 싫어도 해야만 하기 때문에 더 힘이 들었다. 하지만 나는 빠르게 적응해 나갔다.

"공부할 때의 고통은 잠깐이지만 못 배운 고통은 평생이다."

"공부는 시간이 부족한 것이 아니라 노력이 부족한 것이다."

"행복은 성적순이 아닐지 몰라도 성공은 성적순이다."

"공부가 인생의 전부는 아니다. 그러나 인생의 전부도 아닌 공부 하나도 정복하지 못한다면 과연 무슨 일을 할 수 있겠는가?"

"개 같이 공부해서 정승 같이 놀자."

"학벌이 돈이다."

"지금 이 순간에도 적들의 책장은 넘어가고 있다."

"한 시간 더 공부하면 마누라 얼굴이 바뀐다."

위의 글은 하버드 대학교 도서관에 붙여져 있다는 30가지 명언 중 일부다. 본적이 있는 것도, 없는 것도 있을 것이다. 이 명언을 보면 우리가 공부 기계가 될 수밖에 없다는 생각이 든다. 그런 생각을 할수록 괜히 서글퍼진다. 공부는 진짜 하기도 싫으면서 막상 이런 명언이나 이유를 들어보면 할 수 밖에 없다. 공부는 하기 싫어도 성공은 하고 싶고 잘 살고 싶으니 말이다. 하지만 그런 마음은 1시간도 채 되질 않는다. 분명 해야 하는 것은 알겠는데 막상 하려면 어떻게 시작해야 하는지 갈피를 못 잡는다. 열심히 공부를 하고 있어도 눈 한번 깜짝 돌리면 그 일에 빠져서 공부를 하고 있었는지조차 잊는다.

주위를 둘러보면 공부만 하는 친구들이 많다. 학교에서 공부, 학원에서 공부, 집에서도 공부, 심지어 어떤 친구들은 길에서도 공부를 한다. 평일에도 공부하고 주말에도 공부하고, 이러다 진짜 공부만 하고 죽을까 걱정이 된다.

하루는 사촌들과 학원에 대한 이야기를 부모님께 한 적이 있었다. 학원에 대한 불만과 공부에 관한 힘든 것들이었다. "이 학원은 내 스타일이 아니다." 라고 말하면 부모님은 "네가 맞춰가야 한다." 라고 했다.

부모님과 반복적인 이야기를 나누다 보면 우리가 학교를 위해 학원을 다니는 것인지 학원을 위해 학교를 다니는 건지 모르겠다. 물론 나도 학원에 대한 불만이 많다. 사실 누구나 그렇지 않나 싶고 나보다 힘든 사람이 훨씬 많을 것도 안다. 그럼에도 불구하고 학원을 다니기 싫은 것에는 변함이 없을 것이라고 생각한다. 우리가 싫어하는 것이 공부고 그런 공부를 해야만 하는 곳이 바로 학원이기 때문이다. 나는 십대가 공부를 좋아하게 될 것이라고는 생각하지 않는다. 물론 좋아하는 아이들이 없지는 않다. 하지만 거의 대부분은 싫어한다.

초등학교 5학년 때 공부를 잘하는 애들과 친했었다. 쉬는 시간이나 점심시간이 되면 서로 요점 정리한 것을 보여주고 두드림 학습장을 서로에게 공유하며 공부를 했었다. 때로는 서점도 갔었고 모르는 문제도 곧잘 알려주곤 했다. 나는 그때까지만 해도 공부가 그리 싫지만은 않았는데 이제 보니 공부는 어느새 내가 제일 싫어하는 일이 되어 버렸다.

이제 중학생이 되고 2학년이 된 상황에 그저 한숨만 나온다. 내가 아무리 해도 나보다 뛰어난 애들은 항상 있을 테고 내가 아무리 노력해도 더 노력할 친구들이 있다는 것에 숨이 막힌다. 뿐만 아니라 학년이 올라갈수록 더 힘들어 질 것이라는 것도 알고 있다. 어느새 나는 '학원'이라는 제목으로 전문 서적을 써야 할 정도가 아닐까 라는 생각도 해 보았다. 그러나 이런 생각 끝에는 나보다 더 열심히 하는 친구들이 있다는 것을 자각하게 되었다.

그럴 때마다 내 자존감은 바닥으로 추락했다.

　나는 부모님이 얼마나 힘들게 일해서 돈을 벌고 있는지 알고 있다. 그 돈으로 우리 가족을 먹여 살린다는 것이 얼마나 정신적, 신체적으로 힘든 일인지도 짐작한다. 그리고 부모님은 나를 사랑해서 내가 조금 더 편하게 살았으면 하는 마음에 공부를 하라는 것도 알고 있다. 하지만 나는 부모님의 걱정과 바람보다는 당장 공부가 하기 싫다는 생각이 먼저 든다. 싫다고 심하게 반항을 한 적도 없다. 조금 지각을 자주 했지만 다니라는 학원은 다 다니고 수업도 나름대로 착실히 들었다. 시험 결과는 형편없었지만 내 기분은 나쁘지만은 않았다. 그런데 엄마가 공부를 하라고 하면 할수록 짜증이 난다. 물론 엄마가 힘들다는 것은 알지만 나도 힘들다. 그런데 내 마음을 몰라주는 엄마가 미울 때도 있다. 공부를 하려고 하다가도 엄마가 하라고 강요할 때면 하고 싶은 마음이 사라진다. 내 머릿속에는 이미 공부를 못하는 기계만 있을 뿐이었다. 내가 철이 없는 것은 알지만 그런 생각을 떨칠 수 없다.

　다른 친구들이 공부를 얼마나 많이 하고 부모님이 얼마나 강요하든 나는 그에 관해 어떻게 하라고는 할 수 없다. 엄연히 각자의 삶이 있고 나보다는 어른들이 옳고 그름을 더 잘 알 것이기 때문이다. 하지만 나는 어른들이 조금 더 느슨해져도 괜찮지 않을까 한다. 나는 십대들이 공부를 떠나서 새로운 문화와 새로운 경험을 해보는 것도 중요하다고 생각한다. 그저 학교에 앉아서 수업을 듣고, 학원에 다니며 문제풀이만 열심히 배우는 것이 아니라 변화하는 세상에 적응하고 활동할 수 있는 체험을 했으면 좋겠다. 나는 더 이상 우리 십대들이 공부 기계로만 불리지 않기를 바란다.

03

마음껏 꿈꾸는 십대이고 싶어요

십대는 꿈으로 가득 차 넘칠 것 같은 존재다. 하지만 요즘에는 그런 십대들을 찾기란 쉽지 않다. '꿈'이라고 했을 때 사람들이 가장 보편적으로 떠올리는 두 가지는 '잠잘 때 꾸는 꿈'과 '직업'이다. 그러나 우리 십대들은 틀에서 벗어나 마음껏 꿈꾸고 싶다.

중학교 1학년 2학기는 자유학기제라서 시간이 넉넉했다. 시험을 보진 않지만, 가장 열심히 공부를 해야 할 때였다. 학교에서도 자유학기제라 그런지 '진로'에 관한 수업을 많이 신설했다. 진로 시간에는 다양하고 흥미로운 활동을 많이 했다. 직업 골든벨과 함께 직업을 몸으로 설명하는 게임을 하며, 자신의 성격과 강점 등을 분석하며 '나'에 대해 많은 것을 알 수 있는 시간이었다. 대학교에서 진로 체험 같은 것을 경험해 보기도 했다. 그중 가장 놀라웠던 점은 생각보다 직업의 종류는 다양하다 못해 흘러넘칠 정도였고 미래에는 더 많은 직업들이 생길 것이며 또 많은 직업이 사라질 것이라는 것이었다.

나에게 이런 시간들은 꿈과 진로에 대해 한 번 더 생각할 수 있는 계기가 되었다. 새롭게 알게 된 사실은 나처럼 꿈이 많은 친구도 있지만 꿈이 없는 친구들도 많다는 것이다. 정말로 친구들은 꿈을 꾸고 싶기는 한 건지, 아니면 있는데 숨기는 건지. 그렇다고 대놓고 물어볼 수도 없을 것 같다.

하루는 진로 선생님께서 자신의 꿈을 토대로 파워포인트를 작성해 오라는 과제를 내주었다. 희망 활동이었는데 상을 받을 수 있는 아주 좋은 기회였다. 안타깝게도 나는 워크북에 문제가 있어서 참여하지 않기로 했다. 내 친구들도 진로에 대한 고민을 하고 있는 중이었다. 다음 시간이 바로 점심시간이었기 때문에 우리들은 도서관에 가서 이야기를 나누었다.

"진로 상담 과제 할 거야?"

"어. 난 할 거야."

"난 안 할 거야. 워크북이 엉망이야. 근데 너 뭐로 하게?"

"나? 프로파일러. 프로파일러로 파워포인트 만들 거야."

"나도 할까?"

"해 봐. 상을 받을 수도 있어. 넌 인테리어 디자이너로 하면 되겠네?"

"그렇지……."

"근데 뭘 고민해? 그냥 해."

친구는 왠지 모르게 고민하는 눈치였다. 꿈이 문제인건지 파워포인트가 문제인건지 물어보려다 말았다. 자칫해서는 친구의 기분을 상하게 할 수도 있었기 때문이다. 아마 꿈에 대한 확신이 없었던 것 같다. 이렇듯 우리들은 꿈에 대해 많은 것을 고민하고 또 생각한다.

'내가 과연 이 꿈을 가져도 괜찮을까?'

'사람들은 내 꿈을 듣고 비웃지 않을까?'

최근 들어 십대들은 자신의 꿈을 숨기고 있다. 사람들 앞에서 말하는 장래희망과 자신이 품고 있는 꿈이 다르다. 그 원인은 무엇일까?

우리는 큰 꿈을 가져야 한다. 뭐든 꿈을 그려보자. 그리고 그 꿈을 이루려면 이룰 수 있다는 믿음을 갖고 있어야 한다. 하지만 주위를 둘러보자. 주변에 꿈을 먹고 살아가는 십대는 몇 명이나 될까? 또 그 꿈에 대한 믿음이 있는 십대는 얼마나 될까? 우리는 꿈에 대한 믿음을 갖기 전에 꿈을 꾸는 방법부터 배워야 한다.

가기는 싫지만 가장 많은 시간을 보내는 곳이 바로 학교다. 우리는 학교에서 다양한 것들을 배운다. 하지만 꿈 찾기를 배우지는 않는다. 꿈을 꾸는 법도 배우지 않는다. 물론 진로 직업 시간에 진로 탐색과 같은 활동을 하는 것은 사실이지만, 흥미를 갖는 친구는 거의 없다. 지루하기도 하고 아직 그 필요성을 모르기 때문이다. 나는 우리가 앞으로 꿈꾸는 십대가 되려면 생각의 고리를 바꿀 특별한 계기가 필요하다고 생각한다.

사촌 언니는 헤어디자이너가 되고 싶다고 한다. 실제로 머리도 아주 잘 다루고 재능이 있다. 또 내 친구는 선생님이 되고 싶어 한다. 그래서 한국사자격증 같은 것을 준비하며 필요한 공부를 열심히 하고 있다. 의사가 되고 싶은 친구, 경찰, 만화가, 프로파일러, 배우, CEO까지 다양하다. 이외에도 많은 친구들이 자신의 꿈을 이루기 위해 노력하고 있다. 그만큼 큰 꿈을 가지고 있는 십대이다.

학교에는 많은 학생들이 있다. 학생들마다 관심사, 생각, 재능이 모두 다르다. 그런 것처럼 꿈도 역시 제각각이다. 한편으로는 꿈이 없는 친구들도 아주 많다. 사실 우리 나이 때에 꿈이 없거나 자주 바뀌는 것은 이상한 일이 아니다. 오히려 더 정상적인 일이다. 아직 생각이 미성숙하고, 직업이나 다른 정보들에 둔하다. 이외에도 많은 이유가 있다. 나 역시 아직까지도 꿈이 계속해서 변하고 있다. 화가, 선생님, 작가, 통역사, 외교관, 강연가, 사진작가, 만화가 등 많은 직업을 꿈꾸고 있다. 많다고 이상할 것은 없다. 나의 꿈을 향해 나아가고 있고, 노력해서 나쁠 건 없으니 말이다. 우리들에게 꿈이란, 쉴 새 없이 변하거나 찾지 못한 존재일 뿐이다.

"오늘은 직업 카드를 써서 자기 자신의 흥미를 찾고 그 직업들로 빙고 놀이를 해 보도록 합시다."

"네."

　오늘 짝꿍과 수십 개의 직업 카드로 자신의 흥미 혹은 강점을 분석했다. 직업 카드 안에서는 다양한 직업이 있었다. 몇몇은 우리 주변에서 흔히 볼 수 있는 종류였고 나머지는 처음 들어본 신기한 직업들이었다. 내가 뽑은 카드의 결과로 가장 많이 나온 것은 언어지능 영역이었다. 그 외에도 많은 것들이 나왔다. 자연친화지능이라든지, 자기성찰지능 등이다. 흥미로웠던 것은 이번 활동을 통해 친구들의 관심사가 내가 생각했던 것과는 전혀 달랐다는 것이다. 마냥 놀기나 좋아해 보일 것 같은 짝꿍은 의외로 와인, 향수 등을 활용하는 직업에 흥미를 보였고, 과학이나 수학만 관심 있을 줄 알았던 친구는 컴퓨터 프로그래밍에 흥미를 보였다. 신기한 일이었다. 전혀 안 그럴 것 같은 친구들이 의외의 직업을 선택하는 것을 보면서 놀라웠고, 나름대로 그 꿈을 향해 할 일을 하고 있었다는 사실을 새삼 느끼게 되었다.

　우리는 꿈을 꾼다. 과거에도 꾸었고 지금도 꾸고 있으며 미래에도 꿀 것이다. 하지만 십대들은 아직 꿈에 대한 확신을 하지 못한다. 많이 불안정하고, 의심스럽고, 의구심이 든다. 하지만 그렇다고 해서 꿈이 없는 걸까? 꿈을 꾸고 싶지 않은 걸까? 결코 아니다. 우리도 나름대로의 꿈이 있는 삶을 살고 있다. 내가 커서 뭐가 될까, 뭘 할까, 어떻게 할까 등 많은 질문들을 되새기며 산다. 상대방의 말을 들어주고 내 말을 하면서 열심히 살아가고 있다. 마치 일상생활에서 급식 먹기 전 줄을 서는 것처럼 너무나도 당연하게 꿈에 대해 생각하고 있다.

십대들이 꿈이 없다고 해서 진짜 꿈이 없는 것이 아니고, 너무 자주 바뀐다 해서 빈말인 것도 아니다. 생각조차 하지 않는 것처럼 보여도, 사실 나름대로 고민하고 생각하고 있다. 우리는 꿈을 꾸기 싫은 십대가 아니라 꿈을 꾸고 싶은 십대다.

04

내가 좋아하는 것은 뭘까?

어렸을 때 꿈은 자기가 하고 싶고 좋아하는 일이라고 배운다. 내가 가지고 있는 소신을 이루는 것이 때로는 꿈이 될 수 있고 멋진 영웅이 되는 것일 수도 있다. 하지만 십대 친구들에게 물어보면 하나같이 직업만을 이야기한다. 나도 마찬가지다. 그것이 꼭 나쁜 것만은 아니라고 생각한다. 하지만 몇몇 어른들은 우리들의 꿈이 직업으로 한정된 것 같아 안타깝다고 한다. 실제로 우리는 아직 좋아하는 것, 가치관 같은 것을 제대로 파악하지 못한다. 그런 상황에서 꿈을 자신의 직업으로 한정짓는 것은 어려운 일이다.

하루는 병원에 갔다. 나는 소심한 성격이라 아픈 것도 어디가 아픈 것인지 정확히 어떻게 아픈 것인지 말을 잘 못했다. 그런 나에게 주변에서 '네가 아니면 네 속을 누가 알아' 라고 했다. 그 말은 종종 내 귓가에 머문다. 하지만 나는 아직도 내 속을 잘 모르겠다.

평소에 나는 길을 걸을 때도 차를 탔을 때도 공상을 많이 하는 편이다. 웹툰, 소설, 영화 같은 것을 좋아해서 그런 것인지도 모르겠다. 학교에서 가끔 설문지를 나눠주는 데 '나'에 대한 정보를 적는 것이나 진로 등을 묻는 것이 대부분이다. 그때마다 빠지지 않는 칸이 있다. 바로 내가 좋아하는 일과 잘하는 일이다. 쉽게 말해 취미와 특기라고 하면 되겠다. 그 칸에 적당한 말을 적을 때마다 항상 고민한다. 내가 좋아하는 게 뭐지 하고 말이다. 나는 상상하는 것을 좋아 하지만 설문지에 답을 그렇게 적을 수는 없으니 정말로 내가 좋아하는 것이 맞는지, 내가 착각하고 있는 건 아닌지 고민된다. 이쯤 되면 내가 좋아하는 것이 무엇인지 나도 잘 모르겠다. 하지만 현실에는 나 같은 십대들이 많다. 적어도 내 주변에는 말이다.

최근 들어 부모님이 공부를 더 재촉하는 것 같은 기분이 든다.

시켰던 것을 또 시키기도 하고 더 어려운 것을 많이 시킨다. 그러면 나는 그에 맞추어 공부를 하고, 또 공부를 한다. 그러다 보니 스스로 생각할 시간이 부족한 것 같다. 혼자서만 생각할 수 있는 시간과 공간은 중요하다. 특히나 지금 때에, 진로를 탐색하거나 결정해야 할 때에는 더더욱 필요하다. 하지만 그럴 틈도 없는 십대다. 항상 엄마가 시키는 대로, 아빠가 시키는 대로 살다 보니 십대들은 자신이 좋아하는 것조차 알 수 없게 되어 버린 것 같다. 글로 써서 별로 심각해 보이지 않을 수도 있겠지만 이 문제는 정말 심각한 일이다. 비전이 없고 목표가 없을 수는 있다. 언제든지 쉴 새 없이 바뀌는 게 십대의 꿈이기 때문이다. 아직 내가 좋아하는 것을 모를 수도 있다. 하지만 그것이 지체된다면 심각한 문제가 될 것이다.

"엄마, 나는 통역사가 될 거예요."

"그래? 왜?"

"통역해 주는 게 멋져 보이잖아요."

"그럼 너는 영어나 다른 외국어를 좋아하겠구나."

"네?"

"아니야?"

"……."

혹시 이런 대화를 주고받은 적이 있다면 자신의 흥미에 대해 확실함이 없는 것이다. 만약에 누군가 진심으로 외국어를 좋아했다면 저렇게 뜸 들이지 않았을 것이다. 저렇게 확실함 없는 태도로 인해 자신의 꿈 또한 확신이 없는 것이 되어 버린다. 참 안타까운 일이다.

왜 내가 좋아하는 것에 확신을 할 수 없을까? 가장 기본적인 이유로는 자기주도화가 되지 않은 생활 습관이 큰 원인인 것 같다. 최근 청소년들은 말만 자기주도적인 학습과 생활 습관을 기르고 있다. 이제 보면 자기주체성이 아니라 말 잘 듣는 법을 기르고 있는 거나 다름이 없다. 뭐를 하던 나의 의지 따위는 없으니 내가 좋아해도 그것이 정말 내가 좋아하는 것인지 시키는 대상이 좋아하는 건지 구별하는 것에 혼란을 겪는 것이다.

가장 큰 예시로 들 수 있는 것이 바로 나다. 나도 항상 주변에서 하라는 대로, 시키는 대로 해왔다. 나의 의지는 눈곱만큼도 없이 그저 시키는 대로만 한 것이다. 심지어 친구의 생일 선물도, 친구한테 물어봐서 사달라는 것을 사준다. 그만큼 나의 주체성이 떨어지다 보니 내가 좋아하는 것에 대해, 나의 흥미에 대해 의심을 하게 되는 것이다.

꼭 주변에 이런 친구가 있다. 자기 생각은 안중에도 없고 친구들이 하는 대로 같이 가는 친구 말이다. 다른 활동을 할 때에도 "나는 괜찮으니 너희가 알아서 해."라고 말한다. 자신을 위한 일임에도 불구하고 친구의 결정을 따른다. 하지만 이런 식으로 계속 하다 보면 자신이 좋아하는 것을 찾기는커녕 시간만 허비하게 될 것이다. 실제로 나는 그런 식으로 했다가 나에게 전혀 맞지 않는 상황에 휩쓸려 낭패를 본 적이 있다. 그 후로는 내가 사람들에게 제안하는 입장이 되었다.

그렇다면 우리의 흥미를 잘 찾기 위해서 어떻게 해야 할까? 물론 나도 장담할 수는 없지만 스스로 무언가를 해 봐야 하는 것 같다. 내가 직접 자발적으로 나서서 한다면 기억에 오래 남게 될 것이다. 이런 방식으로 다양한 경험을 많이 하면 나에게 맞는 것과 맞지 않는 것이 분류되지 않을까? 그러면 또 나에게 맞는 것들을 모아 새로운 방법으로 접근하면서 언제가 나의 확실한 흥미를 찾게 될 것이라고 생각한다. 한마디로 점점 범위를 좁혀 나간다는 것이다.

　우리들은 더 이상 어린아이가 아니다. 이제는 나의 의견도 똑바로 말할 수 있고 스스로 할 수 있는 일이 많다. 자신의 흥미를 찾는 것은 곧 꿈을 찾는다는 것과 마찬가지이니 더욱 중요시해야 한다. 사실 자신의 마음을 모를 수도 있다. 제일 어려운 것이 사람 마음인 것처럼, 자기 마음인데도 알아내기 힘들 때가 많다. 하지만 전혀 속상할 이유는 없다. 아마 자신의 마음을 완벽히 알아내는 사람은 극소수에 불과할 것이기 때문이다. 그래도 미래를 위해서라면, 우리는 흥미를 찾기 위해 열심히 뛰어야 한다. 이미 자신의 흥미를 알고 있는 사람들도 있지만 그렇지 않은 사람들도 많다. 아직 좋아하는 것을 찾지 못했다면 범위를 조금씩 좁혀 나가는 것도 하나의 방법일 것이다. 하지만 가장 확실한 방법은 처음부터 차근차근 확인하고 생각해 보는 것이다. 때로는 과감히 잘라내는 것 또한 하나의 방법이다.

05

인생의 주인공은 바로 나!

사람마다 각자의 개성과 능력, 성격 등이 다르다. 모두 자신의 도화지에 원하는 데로 그림을 그린다. 즐겨 읽는 소설이 있는가? 그 소설의 주인공이 기억에 남는다면 한 번 생각해 보자. 대부분의 소설은 주인공을 중심으로 배경과 주변 인물, 스토리로 구성되어 있다. 그리고 그 주인공을 초점으로 스토리가 진행된다.

종종 나는 이런 말을 듣는다.

"네 마음대로 해. 나는 상관없어. 어차피 네 인생인 걸."

미화가 섞여 있기는 하지만 주로 부모님이 내게 하는 말이다.

그 문장의 뜻을 제대로 알고 있는 나로서는 도무지 내 마음대로 할 수가 없다. 아마 부모님은 암묵적으로 '너는 이렇게 해'라고 말하고 있었을 것이 분명하다. 설사 아니었더라도 나에게 그렇게 느껴졌기에 정해져 있는 답을 내는 것이 일상이 되어 버렸다.

사람들은 항상 "네 인생의 주인공은 너야!"라고 말한다. 하지만 의문이 든다. 그 말이 과연 사실일까. 많은 십대들은 지금 자신의 이야기를 펼치지 못하고 있다. 주인공 역할은 하지 못하고 엑스트라만 앞에 내세워 이야기를 진행시키는 격이다. 그렇다면 스토리가 과연 잘 진행될까? 한마디로 다른 사람들에게 휘둘릴 필요가 없다는 것이다. 자신의 의견을 정확하게 말할 줄도 알아야 한다. 현재 사람들의 평균 수명은 약 80세이고 더 늘어날 것이라고 한다. 아무리 그래도 빠른 것이 시간이고 짧게 느껴지는 인생인데, 하고 싶은 것도 다 못하고 죽으면 아쉽지 않겠는가?

주변을 둘러보면 자신이 원하는 데로 살지 못하는 십대들이 많다. 나는 지금 이 시간만큼은 최대한 즐겁게 살 수 있어야 한다고 생각한다. 한 번 밖에 없는 소중한 시간인데 공부만 하기에는 너무 아쉽다. 하고 싶은 것이 많기 때문이다. 하지만 어른들은 말한다. "지금이 얼마나 중요한 시기인데. 노는 것은 나중에도 할 수 있어. 하지만 공부는 때를 놓치면 하고 싶어도 못해." 이 말에 틀린 점은 없지만 지금의 우리로서는 완벽히 이해할 수 없다.

우리는 늘 자신의 인생은 자신의 것이라고 배운다. 누구도 대신 살아줄 수 없고 처음부터 다시 시작할 수 없는 것이 인생이라고 말이다. 그렇지만 요즘은 자식들의 인생을 대신 살아주는 부모들이 많다. 실제로 시험 요점 정리까지 해주는 부모님들이 있다.

어느 날 친구들과 이야기를 나누었다.

"얘들아."

"어?"

"왜?"

"우리 너무 재미없게 사는 거 같지 않냐."

"인정. 매일 똑같은 것만 해."

"맞아. 학교 가고 학원 가고. 집에서 공부하고 씻고 자고."

"요즘은 특별한 일이 없어."

"나도. 엄마가 하라는 것만 하지 달리 하는 일이 없다."

우리들은 언제부턴가 엄마가 하라는 데로만 살고 있다. 학원도, 꿈도, 어떤 경우는 친구들까지 가려 사귄다. 이런 식으로 가다가는 엄마들이 우리들의 삶을 대신 살게 될 것 같다.

물론 우리들은 공부를 열심히 해야 한다. 우리가 주체적인 삶을 사는 것도 중요하지만 먼저 내가 해야 할 일을 끝내는 것 또한 중요하기 때문이다. 우리들의 진로를 찾고 그에 맞게 연구해야 할 뿐만 아니라 끊임없이 공부를 해야 하는 것은 피할 수 없는 사실이다.

최근 들어 부모님의 꿈을 대신 이루어주는 십대가 늘어나고 있다. 어디까지나 소수의 이야기일 수도 있겠지만 점점 늘어날지도 모른다. 물론 부모님은 좋은 마음으로, 우리를 걱정하는 마음이겠지만, 우리가 느끼기에는 불편하고 안타까운 현실일 뿐이다. 어디까지나 부모님의 꿈이지 우리들의 꿈이 아니기 때문이다.

어른들은 자신의 꿈을 꾸고 살아가는 데 우리는 그렇지 않은 것 같다. 많은 십대들이 부모님 꿈에서 허우적거리고 있으니 말이다. 부모님이 우리를 생각하는 마음은 이해가 되지만 꿈을 강요하는 것은 도무지 이해할 수 없다. 분명 나와 맞지도 않고 행복해 보이지도 않기 때문이다. 우리는 언제까지나 부모님 속에 갇혀 있을 수는 없다. 앞으로 나아갈 길을 만들기 위해 준비해야 한다. 하지만 미래를 준비하고 있는 십대들이 과연 몇 명이나 될까?

2016년 1월 8일 내 생애 첫 번째 강연을 만족스럽게 마쳤다. 초등 4~5학년들을 대상으로 한 강연이었지만 설레는 마음으로 후배들에게 꿈에 대해 말해주었다. 50분 정도 되는 강연 시간에서 꿈을 어떻게 이루어야 하는지, 어떤 노력이 필요한지 나만의 노하우를 곁들여 강연을 진행했다. 꿈은 한번 꾸고 없어지는 게 아니고, 쉴 새 없이 꾸는 게 꿈이라고 말했다.

"자, 그럼 자신의 꿈에 대해서 자신 있게 말할 수 있는 사람?"

대략 8명 정도 되는 어린이들 가운데 서너 명 정도가 손을 들었다.

"저는 어렸을 때 미아가 된 아이의 엄마를 찾아 준 적이 있어요. 그때부터 경찰관이 되고 싶었어요."

다양한 학생들의 말이 있었는데 그 모습이 참 풋풋했다. 고작 네 살 차이 밖에 나지 않았는데도 말이다. 내가 알려준 것은 얼마 전 책에서 본 '보물지도'라는 것이었다. 자신의 꿈을 보드판에 자신의 방법으로 적는 것을 설명해 주었다. 우선 쉽게 구할 수 있는 종이에 다양한 색깔의 포스트잇을 붙이며 하고 싶고, 가고 싶고, 원하는 것 등을 써 넣는다. 그리고 책상 위에 붙여 놓고 이루어질 때마다 하나씩 떼는 것이다. 그렇게 떼어 낸 것은 상자에 잘 보관하고 또 붙이기를 반복하면서 차근차근 꿈을 이루는 방법이다. 강연을 마치고 친구들의 소감을 들었을 때 기분이 참 좋았다. 나와 같은 꿈을 가진 친구들에게는 내가 동기부여가 되었다.

나는 지금 내 삶에 만족하고 있다. 때로는 실패를 하고 사람들의 반대에도 부딪힐 것이다. 하지만 꿈이나 목표를 향해 나아갈 때 망설이지 않아야 한다. 물론 모든 사람들이 자신의 꿈을 환영해 주지는 않을 것이다. 다른 꿈을 강요할 수도 있다. 하지만 인생은 나의 것이다.

06

지금 행복해야 미래에도 행복하지 않을까?

행복이란 말은 언제나 골치 아프다. 그 이유는 미묘한 구석이 있기 때문이다. 사람들마다 행복의 기준이 다르다. 그리고 그런 행복을 찾기 위해서 사람들은 그에 해당하는 대가를 치른다. 과거, 현재, 미래의 행복은 모두 중요하다. 사람은 늘 행복하고 싶어 한다. 하지만 십대들은 오로지 미래의 삶을 위해서 현재의 행복을 무시한 채 살고 있다. 삶은 하루가 모여 연장되는 시간인데 지금 행복하지 않은데 내일이라고 행복할 수 있을까? 왠지 인생을 걸고 도박을 하는 것 같다.

내 친구들은 그럭저럭 행복해 보인다. 사람마다 속사정은 다르겠지만 제3자가 보기에는 그렇다. 최근 들어 십대들이 우울함을 느끼고 있다고 한다. 지독한 스트레스로 인해 급기야 우울증에 시달리고 자살까지 한다. 정말 심각한 일이 아닐 수 없다. 그럼에 도 불구하고 많은 십대들이 아직까지도 미래의 행복을 위한 현재의 불행을 선택하고 있다. 어찌 보면 당연한 일일지도 모른다. 미래에는 이럴 시간도 없을 수도 있을 테니까 말이다. 한편으로는 미래의 행복을 위한 현재의 불행 아닌 불행이 투자라고도 볼 수 있을 것 같다. 하지만 그렇다고 해서 현재의 생활이 행복하지 않은 것을 마냥 보고만 있을 수는 없다.

십대는 어른이 되면 하고 싶은 것을 하기 위해 참아야 할 것이 많다. 놀고 싶은 것을 참아가며 공부한다. 나도 작가라는 꿈을 이루기 위해 많은 노력을 했고 또 지금도 하고 있다. 어디를 가든 내가 되고 싶고 하고 싶은 것을 생각했다. 그런데 꿈을 이루기까지 정말 어른이 되기만을 기다려야 한다면 시간이 오래 걸리는 것 같다. 하고 싶은 것은 정말 많은데 어른이 되면 할 수 있다는 말이 사실인지도 모르겠다. 기다리는 것도 이제 힘들다. 애써 기다렸는데 나중에 할 수 없다고 하면 모두 헛수고가 아닐까? 내가 너무 부정적인 것일까?

하루는 친구에게 이런 질문을 던졌다.

"미래의 행복을 위해 현재의 행복을 투자해야 해?"

"어."

"왜?"

"버리는 거 없이는 아무것도 안 된다고 하던데?"

"그렇게 따지면 우리는 미래에 올인 한 거야?"

"그렇지. 아마?"

"만약에 하고 싶은 것을 이루기 전에 죽으면?"

"끝이지."

"그럼 슬프지 않아?"

"몰라. 안 해 봐서……."

"그러면 조금 서두른 판단인 것 같은데."

나는 아직도 나의 행복을 위해 살고 있는지 의문이 든다. 가장 싱그러운 나이에 공부만 하다니 억울한 마음이 든다. 아무래도 두 마리 토끼를 다 잡고 싶은 욕심이 있기 때문은 아닐까. 그렇게 생각하기에 나는 스스로 질문을 던져본다.

'지금 행복해야 미래에도 행복하지 않을까?'

며칠 전 엄마에게 행복이란 무엇인지 물었다.

"행복은 너에게 가장 가까운 곳에 있지."

나와 가장 가까운 곳은 어디일까? 물론 나도 교과서에 나올듯한 답을 모르고 있는 것은 아니다. 엄마와의 대화는 뭔가 싱겁게 마무리가 된 것 같아 아쉬움이 남았다. 분명 사람마다 행복의 가치는 다르다. 내가 알고 싶은 것은 그런 게 아니었다. 엄마에게 계속 물어보았지만 엄마는 귀찮은 내색을 했다.

"행복이 옆에 있으면 왜 이렇게까지 행복을 위해 노력하는 건데?"
"네가 한번 찾아봐."
"아니 엄마. 그러면 우리가 이렇게 할 필요도…… 엄마? 엄마?"

그 후로 다른 사람들에게 가끔씩 물어봤는데 돌아오는 대답은 비슷했다.

"행복은 다 다른 거야."
"모르겠다."

하지만 거의 대부분 미래의 행복을 위해서라면 현재의 고통은 아무 일도 아닌 듯했다. 나만 이상한 건가 싶어 다른 친구들에게도 물어봤다. 나와 다른 친구들이 많았지만 비슷한 친구들도 있었다.

"넌 지금 행복해?"
"아니……."
"미래에는 어떨 것 같은데?"
"행복해 질 거라고는 장담 못하지. 그걸 어떻게 알아 지금도 안 그런데."
"그러게. 두 마리 토끼를 잡을 방법은 없나?"

"모르겠어."

"그러면 우리는 어떡해야 하지?"

"몰라. 그냥 이대로 살아."

나는 이런 식으로 미래를 위해 행복을 유보하는 십대가 정말 안타깝다. 먼 미래라 하더라도 언제가는 현재가 된다. 그 현재가 왔는데도 미래의 행복을 거들먹거리면서 그때도 하고 싶은 일을 하지 못하고 산다면 정말 억울할 것 같다. 그러나 현실은 미래를 위해서라면 자신의 모든 것을 투자해야 하는 상황이 되었다. 지금은 하기 싫어도 무조건 노력하고 기다리기만 해야 할까? 미래에는 다 할 수 있으니깐?

나는 언제 행복했었지? 얼마 전 초등학생들에게 꿈 찾기 강연을 신나게 했을 때, 그때 동생들이 나를 자신의 꿈 멘토로 삼고 싶다고 이야기했었다. 정말 그 반짝이는 두 눈을 보았을 때 뿌듯한 마음이 들어 행복했다. 이렇듯 행복이란 엄마가 말한 것처럼 바로 나와 가까이에 있었다. 평범한 일상 속에 보물처럼 꼭꼭 숨어 있는 것이다.

사실 행복과 같은 문제는 가치관의 차이일 수 있다. 행복의 기준은 사람마다 다르고, 또 그 가치가 다르다. 언제까지 미래만을 위해 현재를 희생할 수는 없는 것 같다.

나는 현재 하고 있는 일이 미래에 가서 정말로 자신을 행복하게 해줄 일인지 생각해 볼 필요가 있다고 생각한다. 물론 선택은 자신의 몫이다.

"지금 행복해야 미래도 행복하지 않을까?"

07

친한 친구도 이겨야만 하는 십대

진정한 친구란 과연 무엇일까? 같이 울거나 웃어주는 친구? 항상 곁에 있어 주는 친구? 같이 밥을 먹는 친구?

십대는 경쟁 사회를 살며 무조건 이기기 위해 안간힘을 쓴다. 며칠 전까지만 해도 같이 잘 어울리던 친구는 시험 기간이 되면 모두 경쟁자가 된다. 좋은 학교와 평판, 부모님의 칭찬을 놓치고 싶지 않다면 주변의 친구와 경쟁하고, 이기고, 지며 냉혹하게 살아야 한다.

누군가 우리나라 사회는 약육강식이라고 말했던 기억이 난다. 약한 자는 먹히고 강한 자만이 살아남는다. 그 약한 자가 설사

가장 친한 친구일지라도 내가 먹히지 않으려면 잡아먹는 수밖에 없다. 이것이 바로 친구를 이겨야 하는 십대의 삶이다.

내 친구들 중에 공부를 정말 잘하는 친구가 한 명 있다. 거의 못하는 것이 없다고 할 수 있는 이 친구는 나에게 큰 도움이 된다. 서로 설명하고 질문하는 형식의 방법인 '하브루타'로 문제에 대해서 이야기해 보고 비슷한 관심사로 같이 조사도 하고, 놀기도 한다. 나름대로 재미있고 도움이 되는 친구다. 이 친구를 이기겠다는 마음은 이미 버린 지 오래다. 나보다 훨씬 잘해도 별로 상관이 없었다. 오히려 내가 궁금하거나 모르는 것을 친구에게 물어보고 있다. 하지만 요즘 세상이 어떠한가. 바로 일등만 알아주는 세상이 아닌가? 주변 사람들은 나에게 질투가 나거나 자존감이 낮아지지는 않느냐고 물어본다. 나는 전혀 그렇지 않다.

나는 우정을 중요하게 생각한다. 친구와 같이 있으면 두려울 것이 없다. 하지만 시간이 지날수록 그런 친구들이 모두 경쟁자로 변하고 있다. 이러한 현실이 안타깝지만 어쩔 수 없는 상황이다. 좋은 상위 학교에 가기 위해서는 등급을 잘 맞아야 하고 그러기 위해서는 친구보다 조금 더 잘해야 한다. 이런 일들이 무슨 의미가 있는지 모르겠지만 우리 십대의 현실이다. 꼭 이렇게 남보다 나아야지 잘 살 수 있는 것일까? 학교 울타리 밖으로 우리들의 웃음소리가 넘쳐나면 안 되는 것일까?

요즘 자유학기제로 시험도 보지 않고, 등교 시간도 늦춰졌지만 그럴수록 부모님은 우리를 학원으로 내몬다. 부모님의 열성에 맞장구라도 치듯 한 문제라도 더 맞겠다고 안간힘을 쓰는 우리들의 모습이 전쟁터에 나간 패잔병 같다는 생각이 든다.

얼마 전 할아버지 기일이라 큰집에 갔다. 사촌 오빠는 나보다 한 살 더 많다. 할아버지 제사를 드리고 함께 식사할 때까지 장손인 사촌 오빠는 집에 오지 않았다.

"왜 오빠는 집에 안 와요?"

"응, 지금 시험 기간이라 아직 학원이 안 끝났어."

"네, 언제쯤 와요?"

"11시 넘어야 할 걸." 하고 작은엄마는 이야기했다. 그러면서 이번 시험에서 수학 한 문제를 틀렸는데도 등급이 아래로 확 내려

갔다고 푸념을 했다. 공부를 잘하는 학생들이 너무 많아서 걱정이고 학교 끝나면 서울로 논술 공부하러 가는 아이들도 많다고 했다. 공부하는 방법이 서울은 다르다고 하면서 한숨을 쉬셨다. 나도 모르게 내 입술에서도 '휴'라는 소리가 삐져나왔다.

앞으로 이러한 오빠의 모습이 내가 가야 할 길이라는 생각이 들었다. 작은엄마는 오빠가 초등학교 6학년 때부터 이렇게 공부를 했다고 했다. 이 모습이 사촌 오빠의 모습만은 아닐 것이다. 언제까지 이렇게 공부하면서 학창 시절을 보내야만 하는 것일까?

우리나라의 교육은 문제점이 많다. 경쟁을 통해서 학생을 선별하다 보니 부모님들은 더욱더 조급해 하며 불안해 한다. 부모님들의 호응에 맞추기 위해 우리들은 성적을 잘 받기 위해서만 공부하고 친구를 이겨야만 하는 상황으로 몰리게 되었다. 모두가 공부를 잘하면 괜찮겠지만 모든 학생들이 다 좋은 성적을 받을 수는 없다. 그러니 모두가 지치게 되고 대한민국에서 십대의 삶은 불쌍할 수밖에 없다.

학교에 가면 친한 친구들이 있다. 괴짜 같은 친구도 있고, 공부를 잘하는 친구도 있다. 비슷한 부류끼리 몰려다니기도 한다.

그리고 시간의 흐름과 그룹 구성원들의 성격에 따라 그룹 내에 사건이 터지고 갈라지기도 한다. 요즘은 그런 경우를 쉽게 볼 수 있다. 겉으로는 친해 보여도 속으로는 무언의 전쟁을 치르고 있는 것이다.

시험 기간이 다가오면 어김없이 찾아오는 침묵의 전쟁이 시작된다. 겉으로는 웃고 있지만 속으로는 어떤 생각을 하는지 알 수가 없다. 어렸을 때에는 그러지 않았는데 이제 열네다섯 쯤 되다 보니 누가 더 잘하는지를 겨루고 있다. 물론 속으로 말이다. 친구들은 서로를 칭찬하면서 또 비교한다. 그리고 이제는 그런 것에 자연스러워졌다.

내가 초등학교 다닐 때 학교에서 글쓰기를 한 적이 있다. 주제는 '선의의 경쟁자'로 나의 느낀 점을 적는 것이다. 그 주제로 내가 떠올린 사람은 내 3년지기 친구였다. 공부를 잘하던 친구는 나에게 가장 가까운 선생님이 되어 주었고, 나의 이야기를 들어주고 해결해 주는 헬퍼였다.

"이거 어떻게 해?"

"그건, 이렇게 하는 거지."

"나, 잘 못하겠는데……."

친구는 항상 친절하게 무엇이든 잘 가르쳐 준다. 그리고 친구
는 필기도 정말 잘한다. 아무래도 중요한 것이 무엇인지 아는 모
양이다. 나도 친구를 따라 중요한 것, 덜 중요한 것, 알아야 할
것 등을 여러 가지 펜으로 그림도 그리고 밑줄도 그어 놓으며 정
리의 달인이 된다.

"와, 이거 노트 정리 어떻게 한거야? 봐도 돼?"

그러나 말로만 선의의 경쟁자지 사실 나는 흑심을 품고 있던
건지도 모른다. 왜냐하면 그 당시에는 친구를 한 번 이겨 보려고
안간힘을 썼기 때문이다. 그 친구가 어떻게 공부하는지 어떤 책
을 보는지 무엇을 좋아하는지 등을 보며 친구를 분석하기 시작
했다. 그리고 이겼던 적도 딱 한 번 있었다. 하지만 내가 얻은 것
은 아무것도 없었고 오히려 지치기만 했다. 더군다나 친구는 아
무렇지도 않게 나에게 축하한다고 했다. 마음의 그릇이 정말 큰

친구였다. 나는 쥐구멍이라도 있으면 들어가고 싶었고 내가 이토록 한심하게 느껴졌던 적이 없었다. 이때 내가 친구로부터 얻은 교훈은 경쟁에서 이기는 것은 화합하거나 융합하지 않으면 이길 수 없다는 것이다. 친구와 경쟁해서 성적으로 이기는 것이 아니라 내가 잘하고 좋아하는 것을 통해서 나를 더욱 빛나게 하는 것이다. 이것이 진정한 공부이고, 나의 경쟁력이란 생각이 들었다.

이제 성적을 목적으로 하는 공부가 아니라 우리들의 미래를 위한 성장의 공부를 시작해 보자.

08

자꾸 짜증만 내는 십대

"아, 알았어! 한다고!"

"아 싫어!"

"짜증 나."

"내가 알아서 해!"

"아, 왜!"

십대는 자신의 귀에 거슬리는 말 한 마디만 들어도 쉽게 짜증을 내고 목소리를 높인다. 어른들은 당황스럽겠지만 날이 갈수록 짜증은 는다. 말을 할 때면 꼭 앞에 '아'가 붙는다. 어른들 앞에서도 패기 있게 짜증을 부리는데 그 이유는 무엇일까? 쉽게 이야기하자면 사춘기인 탓에 그런 것 같다. 곧 하려고 했는데 안 한다며 잔소리를 하고, 내가 안 했는데도 나에게 호통을 치고, 나름대로 최선을 다한건데 꾸중을 들으면 섭섭한 마음을 감출 수가 없다. 어느 날 엄마와 크게 다툼을 한 일이 있다. 원인은 바로 나의 지저분한 방 때문이었다.

"방 좀 치워라."
"알았다고요."
"매일매일 알았다고 하지!"
"어쩌라고!"
"열두 번도 더 이야기했다. 매일 알아서 한다고 하지?"
"아, 짜증 나!"
"이렇게 방이 지저분한데, 무슨 공부를 한다고……."
"아, 제발 좀!"

나는 방문을 쾅 닫으며 문을 걸어 잠갔다. 엄마와 나는 방을 정리하는 문제로 매일같이 싸웠다. 나는 혼잣말로 "또 잔소리네." 하면서 엄마를 무시한다. 나도 내가 도대체 왜 이러는지 모르겠다.

얼마 전 학교에서 친구가 나에게 농담을 했는데 나를 비웃는 것 같아 오해하고 싸우기까지 했다. 물론 화해는 했지만 이렇게 행동하는 내 자신이 어처구니가 없었다. 분명히 오해인 줄 알면서도 의기소침해지는 나를 이해할 수가 없었다. 누군가가 말한 것처럼 십대 아이들의 뇌는 공사 중인가? 그렇다면 공사가 마무리되면 괜찮아지는 것일까?

십대들이 부모님에게 화를 내고 부모님 또한 우리에게 화를 내는 것이 어쩌면 자연스러운 일일 지도 모른다. 당시에는 서로의 감정이 격해져서 피하고 싶고 무조건 화도 나서 미칠 것 같지만 이러한 전쟁을 통해서 서로 간에 독립이라는 것을 시도하는 것 같다.

역시 부모님도 우리를 품 안에 품고 있다가 우리들의 반항을 통하여 조금씩 우리를 세상 밖으로 놓아주는 연습을 하는 것 같다. 그러니 우리의 사춘기가 어쩌면 통과의례처럼 성숙해지는 기점이라고 생각한다. 물론 우리의 마음을 몰라주고 다그치는 어른들이 밉기도 하지만 주체할 수 없는 감정들을 화산처럼 쏟아내는 우리들이 어이없어 보이기는 마찬가지라고 생각된다.

　어른들은 우리 십대를 무서울 것이 없는 무서운 세대라고 말한다. 그런 말을 들을 때면 우리가 정말 그렇게 무서운가?라는 생각이 든다. 아마도 어른들이 통제할 수 없고 감당이 되지 않기 때문일 것이다. 하지만 십대가 갖고 있는 그 무한한 에너지야말로 무엇이든지 꿈꿀 수 있고, 큰 이상을 펼칠 수 있기에 어른들의 마음이 적잖이 불안한 것 같다.

　어른들은 십대를 반항기라고도 말한다. 그러면서 사춘기는 감기처럼 앓는 병이라고도 한다. 그래서 아주 살살 앓기를 바란다고 하는데 그것은 우리들을 잘 모르고 하는 말이다. 아마도 우리들의 마음과 정신이 나도 모르는 사이에 쑥 자라고 말았는데 부모님은 여전히 초등학생 때처럼 우리를 대하고 엄마의 마음대로 재단하고 있으니 당연히 짜증을 내고 신경질이 날 수밖에 없다.

　"왜 엄마 마음대로 나에게 간섭하나요?"

　혹시 "우리 아이는 사춘기 같은 거 없어."라고 말하는 부모님이 있는가? 십대로써 부모님의 마음은 편할지 모르지만 자녀가 외톨이는 아닌지 의심할 필요가 있다고 생각한다. 왜 그런가 하면 대다수의 친구들이 힘들지만 여러 가지 모양의 사춘기를 겪으면서 다양한 문제들을 만나고 해결하기 때문이다. 때로는 부모님을 힘들게 반항도 하면서 신경질을 부리기도 하는데 이러한 갈등과 경험이 없다면 면역력 또한 생기지 않을 것이다. 그러니 오랫동안 잔 감기만 앓게 될 것이다. 그렇게 되면 더 큰 병으로 이어질 수 있음을 부모님은 알아채야 한다. 사실 우리가 반항하고 있다는 것은 아주 잘 성장하고 있다는 증거이다.

얼마 전 엄마가 다니는 미용실에 갔다. 그곳은 할머니가 미용실 원장님이었다. 엄마는 그 미용실 원장님의 오랜 단골이었다.

"엄마 머리 파마하고, 머리 좀 자르자."
"응."
나는 아무 생각 없이 머리를 할머니 원장님께 맡겼다. 그런데 내가 무엇이라고 말할 사이도 없이 앞머리를 싹둑 잘랐다. 거울을 보는 순간 눈에서 눈물이 주르륵 흘렀다. 엄마는 깜짝 놀라서 왜 그러냐고 물었다.

"머리를 너무 짧게 잘랐잖아, 이게 뭐야."

"왜? 예쁘기만 한데. 단정하고 깔끔하고 엄마 마음에 쏙 드네, 속이 다 시원하다."

"몰라, 내일 학교 어떻게 가라고, 창피하게 아이들이 다 쳐다볼 거야."

"쳐다보긴 누가 쳐다본다는 거야?"

"친구들이 쳐다본다니까, 엄마는 알지도 못하면서!"

나는 속이 상하고 창피하다는 생각에 어찌할 바를 몰랐다. 그 이후로는 엄마와 함께 미용실에 가거나 쇼핑을 하는 일은 절대로 하지 않겠다고 다짐했다. 내 생각은 물어보지도 않고 마음대로 해 버리는 엄마가 야속하고 미웠다.

요즘은 신체 발달이 빨라지고 있어서 초등학교 4학년이면 초경을 시작하는 아이도 있다. 그만큼 갑작스런 신체 변화는 사실 감당하기 어려운 사건이다. 이때부터 우리들은 외계인이 되는 것이다. 언어도 외계인이 사용하는 언어를 사용하고 그러다 보니 외계어를 알지 못하는 부모님들과 소통도 할 수 없게 된다. 우리가 외계인이 되었다는 것을 알지 못하는 부모님은 예전에 사용하던 언어 그대로 '정리해라', '씻어라', '공부해라'와 같은 늘 사용하던 언어를 사용한다.

갑작스럽게 외계인이 된 아이들은 내가 왜 외계인이 되었는지 혼란스럽고 도대체 내가 누구인지 혼란스러워 벌벌 떨기도 한다. 때로는 이러한 현상에 화가 나기도 했다가 언제 그랬냐는 듯이 변덕스럽게 깔깔거리기도 하고 갑자기 마구 웃었다가도 뾰로통해지기도 하는 등 감정이 왔다갔다 수시로 변한다. 아마 이것이 어른들이 말하는 정체성의 혼란일 것이며, 질풍노도의 시기일 것이다.

부모님 역시도 갑작스럽게 변한 우리를 보면서 힘든 시기를 보내게 될 것이다. 그러나 사춘기 외계인들을 편하게 받아들여 주었으면 좋겠다. 그리고 무엇보다도 우리의 외계 언어를 조금이라도 배웠으면 좋겠다. 우리들도 부모님과 이야기하고 싶으니까 말이다.

09

빨리 어른이 되고 싶어요

얼마 전 외할아버지가 돌아가시고 나서 엄마로부터 외할아버지 이야기를 들었다. 외할아버지는 동네에서 소문난 착한 분이었다고 한다. 그런데 엄마는 착한 할아버지가 싫었다고 했다. 왜냐하면 할아버지가 너무 착해서 손해 보는 일이 많았기 때문이다. 엄마는 할아버지를 미워하면서 마음속으로 밀어내었다고 한다. 그리고 얼른 내가 어른이 되어서 엄마를 보호해야지 하는 마음이 컸다고 한다. 엄마는 외할머니와 가족을 보호하기 위해서 어른이 되고 싶었다고 말했다. 그럼 요즘 우리 십대들은 과연 왜? 빨리 어른이 되고 싶어 하는 것일까? 그것은 아마도 부모님의 간섭으로부터 벗어나고 싶기 때문일 것이다. 그래서 하고 싶은 것을 마음대로 다하며 사는 세상을 꿈꾼다. 아마 어른들의 모습이 너무 자유롭고 마음대로 할 수 있다고 생각하기 때문일 것이다. 그러나 과연 마음대로 할 수 있는 것이 있을까? '자유'라고 하는 것은 엄청난 책임이 따른다. 그러니 내가 어른이 된다면 그만큼 책임도 크다는 것이다. 사실 우리 부모님의 모습을 보면 빨리 어른이 되고 싶은 생각은 없다.

부모님은 유치원을 운영하고 있는데 항상 바쁘고 애를 많이 태운다. 물론 최선을 다하는 모습에 자랑스럽지만 때로는 많이 힘들어 보인다. 나는 과연 우리 부모님과 같이 잘해 낼 수 있을까? 하는 생각이 들면 자신이 없어진다. 그러나 한편으로는 우리 엄마처럼 꿈을 이루고 멋있는 사람이 빨리 되고 싶다는 생각도 든다. 엄마는 나에게 "우리 윤경이의 미래 모습이 기대된다."라고 말한다. 그럴 때는 어깨가 으쓱하기도 하지만 부담도 된다. 그만큼 내가 청소년기를 잘 보내고 있다는 증거일 수 있다.

나는 꿈이 많다. 여행작가, 강연가, 외교관, 동기부여가 등이다. 이러한 꿈들을 하나씩 도전하고 이루어가는 지금이 행복하다. 현재도 작가의 꿈을 이루기 위해 열심히 글을 쓰고 있다. 얼마 전에는 강연가의 꿈을 이루기 위해 후배들의 꿈 찾기 강연도 하게 되었다. 이렇게 꿈을 하나씩 이루어 나가는 내 모습이 자랑스럽기도 하고 대견하기도 하다. 내 주변의 어른들은 나에게 이런 말을 참 많이 한다.

"윤경이는 좋겠어, 어린 나이에 이렇게 빠르게 꿈에 도전하니 나중에 어른이 되면 엄청 잘되어 있을 거야!"

내가 이렇게 누군가의 부러움을 사고 후배들과 친구들의 멘토가 될 수 있다는 것이 꼭 어른이 되어야만 가능한 것은 아니다. 어린 나이여도 이루고 싶은 꿈을 찾고 그 꿈을 위해 노력한다면 그것만으로도 너무나 아름다운 일이라고 생각한다. 이렇게 꿈을 이루는 것이 꼭 어른이 되어서야 가능한 것은 아니기 때문이다. 지금 우리가 처해 있는 십대의 시기가 어쩌면 기회일지도 모른다.

나는 가끔 엄마와 대화가 통하지 않을 때는 어른이 빨리 되고 싶다는 생각을 한다. 마음대로 결정을 내리고 내가 하고 싶은 대로 하고 싶기 때문이다. 돈도 내가 벌어서 내가 쓰고 싶을 때 쓰고 누군가의 간섭 없이 내 마음대로 하고 싶다. 그러나 이런 생각은 오래 가지 않는다. 어른이라도 마음대로 할 수 없다는 것을 알기 때문이다.

사촌 동생 하은이와 이야기를 했다.

"언니 나는, 빨리 어른이 되고 싶어."

"왜?"

"엄마는 내가 핸드폰을 사달라고 해도 사주지 않고, 인터넷도 못하게 해. 내가 어른이 되면 다할거야."

"어른이 된다고 다할 수 있는 줄 알아, 어림도 없어."

"아니야, 난 할 수 있어. 그리고 매일매일 놀거야!"

"그래!"

하은이는 핸드폰이 필요한 것 같았다. 하은이의 마음은 이해가 된다. 핸드폰이 나의 필수품인 것처럼 하은이에게도 필요할 것이다. 나는 아빠가 전에 쓰던 핸드폰을 물려받아 쓰고 있는데 조금 창피하기는 하다. 하지만 그게 뭐 대수야 하면서 그냥 가지고 다닌다. 내가 사달라고 해봤자 우리 부모님에게는 통하지 않기 때문이다. 나는 새로운 핸드폰을 갖는 것을 이미 포기했다. 그런데 하은이는 포기가 되지 않는 모양이다. 계속 씩씩거린다. 아마 지금 할 수 없는 일을 어른이 되면 모두 다 할 수 있다고 생각하는 것 같다. 물론 할 수는 있겠지만 어른이 되면 이러한 것들이 뭐가 대수일까?

나도 절실히 정말 어른이 되고 싶을 때가 있었다. 어떤 때인가 하면 유치원 다닐 때와 초등학교 다닐 때였다. 학교에서 집으로 돌아왔는데 아무도 집에 없을 때는 엄마가 집에서 맛있는 요리를 해 놓고 기다리는 친구들을 부러워하며 빨리 어른이 되기를 바랐다. 또 학교에서 운동회, 음악회 등 공개 수업이 있을 때면 더 어른이 되길 원했다. 지금 생각해보면 유치한 생각 같지만 그 시절 외로운 내 마음을 다독이는 방법이었다.

내가 어른이 된다면 십대들에게 "남이 원하는 인생 말고 내가 바라는 인생을 살라!"고 이야기해 주고 싶다. 앞에서도 이야기했지만 요즘 십대들은 학업과 경쟁에 쫓기느라 정작 자신의 꿈에 대해서 생각하지 못하고 있다. 비록 학교와 학원 때문에 바쁘다고 할 수 있지만 스스로 꿈을 설계하고 그 꿈을 실현하기 위한 공부를 하도록 도와주고 싶다. 왜냐하면 꿈과 함께 갈 때 성공할 수 있기 때문이다. 많은 성공자를 보면 꿈을 가지고 그 꿈을 포기하지 않았고 누가 뭐라 해도 자신의 길을 간 사람들이었다.

십대들이 빨리 어른이 되고 싶은 이유는 각자 여러 가지가 있겠지만 두 가지 이유가 있다. 하나는 지금 이 순간이 너무 싫어서 빨리 벗어나고 싶은 경우이다. 이러한 친구들은 현실 도피성이다. 이들은 어른이 되어도 더 나아진 삶을 살지 못할 것이다. 현재 우리의 삶도 마찬가지다. 문제가 있으면 문제를 해결하고 이겨 나가야지 문제를 피한다고 답이 나오지 않는다. 그렇게 되면 계속 문제를 만날 때마다 도망가는 격이 될 수 있다. 두 번째는 지금 현재가 너무 행복해서 빨리 어른이 되어서 그 행복을 전해주고 싶은 마음이다. 이런 저런 이유로 빨리 어른이 되고 싶은 십대들이 많이 있겠지만 이제 싹이 나왔을 뿐인데 열매부터 맺으려 하는 격이니 옳은 생각은 아닌 것 같다.

우리의 삶은 그 시기마다 꼭 이루어야 하는 것들이 있다. 아기일 때는 그때에 맞게 자라야 하고 우리같이 십대인 사춘기 청소년 시기는 그 시기만이 가지는 독특한 특성들이 있다. 즉, 정체성을 가져야 한다. 독립된 정체성은 몸도 마음도 성장해 갈 때 비로소 확립된다.

나는 지금 중학교 2학년이다. 나는 어른이 되고 싶다는 생각은 별로 없다. 단지 가슴이 벅찰 뿐이다. 내가 이루고 싶은 것, 내가 하고 싶은 것을 하나씩 이루어내는 성취감이 나의 십대를 더욱 빛나게 한다. 지금도 가슴이 두근거리고 설렌다.

이제 자신의 골든타임을 잡아보자! 그리고 십대 앓이가 골칫거리가 아닌 꼭 앓아야만 하는 즐겁고 신나는 축제임을 증명해 보자.

이유 없는
반항은 없다

십대가 진짜 속마음으로
생각하는 것들

01

제발 커서 뭐가 되고 싶냐고 묻지 마세요!

유치원 아이들에게 꿈을 물어보면 화가, 축구선수, 가수 등이 나온다. 그러나 초등학생부터 실현 가능한 꿈만 꾸기 시작하고 중학생이 될수록 꿈은 점점 더 현실적으로 변한다. 그래서 갈수록 꿈의 범위가 좁아진다. 학교를 작은 사회라고 한다. 우리는 더 큰 사회에 나가기 위해 십여 년 동안 준비를 한다. 준비 중인 내가 지금까지 들었던 말은, "넌 꿈이 뭐니?"이다.

이제는 사람들에게 말하는 꿈과 진짜 내가 이루고 싶은 꿈이 구분이 되어 있을 정도다. 물론 꿈은 중요하다. 내 인생을 좌지우지하는 것이 꿈이 될 수도 있다. 뿐만 아니라 사람은 꿈이 있어야 비로소 활기가 생긴다. 하지만 요즘 십대들은 한가하게 꿈을 이야기하고 미래를 이야기하기에는 여러 가지 여건상 마땅하지가 않다. 친구와 부모님과의 문제도 힘들고 학교생활도 힘들다. 왜냐 하면 하루하루 살아가기가 힘들기 때문이다. 부모님이나 어른들이 "커서 뭐가 되고 싶냐?"라고 물으면 반감부터 든다. 어쩌면 그런 질문들에 넌더리가 난다. 더군다나 부모님의 마음에 들지 않는 행동을 했을 때 "너는 도대체 커서 뭐가 되려고 그래?"라고 한다. 그 말은 나의 모든 행동과 생각들을 멈추게 한다. 우리 십대들이 듣기에는 어른들의 비아냥거림으로 들리기 때문이다.

나는 주위 친구들에 비해 부모님과 소통이 잘되고 있다고 생각한다. 비밀스러운 것까지 부모님에게 모두 이야기하는 것은 아니지만 친구들보다는 부모님과 많은 시간을 보내고 있는 것 같다. 그러나 가끔 부모님도 "너는 뭐가 되고 싶니?" 하면서 자신들의 생각을 강요할 때가 있다. 어른들이 보기에는 우리가 아직 미성숙하게 보여서 잘 이끌어주고 도와주고 싶은 마음이 크다는 것은 잘 알고 있다. 하지만 우리도 나름대로 자신의 진로에 대해 고민하며 탐색을 한다. 그런데 이러한 질문을 자주 받으면 괜히 마음속에서 무엇인가 올라오는 것 같다. 예를 들면, 열심히 방 청소를 하고 있는데 엄마가 "방 치워라."라고 하는 격이다. 그러면 잘하고 있다가도 괜히 방을 치우기 싫어진다. 그러니 뭐가 되고 싶냐고 물어보는 것보다 요즘 무엇에 관심이 있고, 어떤 말을 듣기를 원하는지 따뜻한 배려와 관심을 갖고 지지해 주었으면 좋겠다.

우리 십대들은 미성숙하다. 그러나 우리들도 스스로 생각하고 도전할 수 있는 힘을 기르고 싶다. 부모님이 앞서서 우리에게 모든 것을 알려주는 것이 아니라 조금은 부족해도 진짜 우리가 원하는 것이 무엇인지 찾아가는 삶을 살고 싶다. 부모님이 우리의 인생을 주도하여 끌고 간다면 우리들의 삶은 그냥 부모님의 부속물처럼 되거나 습관처럼 부모님에게 의지하며 살 것이다. 그렇게 되면 어른들은 지치게 될 것이고 우리들 또한 길을 잃고 방황하는 삶이 될 것이 뻔하다.

나처럼 십대의 시기에 명확한 꿈을 찾은 경우에는 자신이 무엇을 해야 하고 어떤 공부를 해야 하는지 스스로 결정하게 된다. 그렇기 때문에 때로는 힘들더라도 견딜 수 있다. 나의 꿈과 목표가 명확하니 내 앞에 그렇게 될 수밖에 없는 상황들이 만들어진다. 이러한 것들을 경험하니 자신감은 물론이고 나의 삶에 활력이 생기기도 한다. 영어 공부는 왜 해야 하는지, 왜 수학 공부는 해야 하는지 알게 되었고, 부모님의 잔소리와 염려가 없이도 스스로 결정할 수 있게 되었다.

부모님들이 우리를 볼 때 많은 염려와 걱정이 있겠지만 스스로 결정하고 도전할 수 있는 분위기가 우리 십대에게는 필요하다.

"진희야, 넌 커서 뭐가 되고 싶어?"

"난 댄스의 왕이 될 거야."

"그래, 멋진데!"

"그러면 연예인도 될 수 있겠다."

"내가 유치원 다닐 때는 부모님이 좋아하셨는데, 지금은 싫어하셔."

"왜, 너 춤 잘 추잖아."

"내가 춤만 추면 우리 부모님은 난리가 난다. 공부나 하라고."

"그렇구나, 어떡할 건데……."

"나도 모르겠어, 공부는 내 취미가 아닌데."

진희는 자기가 되고 싶은 것과 부모님이 원하는 것 사이에서 방황하고 있었다. 그렇다 보니 공부하는 것도 춤을 추는 것도 다 포기해 버렸다. 너무나 안타까운 일이다.

하루는 동아리 활동을 하고 돌아오는 길에 진희로부터 내일 학교에 가지 않을 것이라는 이야기를 들었다. 나는 그래도 학교는 가야 하는 것이 아니냐고 설득했지만 오늘 집에서 설사약을 구입하여 먹으면 내일 아침 설사로 인해서 학교를 결석할 수 있다는 충격적인 이야기를 했다. 이 방법은 학교 가기 싫은 친구들이 많이 사용하는 방법이라고까지 했다. 그래도 그건 아니라는 생각에 나의 모든 능력을 동원하여 진희를 설득했다. 이런 사실을 담임 선생님께 이야기를 해야 하나 말아야 하나 고민에 빠졌다. '어떡하지 내가 선생님께 말씀드리면 나는 친구들로부터 완전 배신자로 찍힐 것이 뻔한데……' 걱정이었다. 나는 이런 이야기를 엄마에게 말했다.

"만약에 엄마라면 어떻게 할 거야?"

"네가 고민하는 게 콕 집어서 뭔데?"

"……"

"글쎄, 너무 당황스럽다. 그래도 선생님한테 말씀드려야 하는 거 아닌가? 그렇지 않으면 그런 일들이 습관이 되어서 나쁜 친구들과 어울리게 되면 더 큰 일이 일어날 거 같은데……."

"그래야 되겠지? 엄마!"

나는 사실 선생님께 말씀 드려야 하나 하지 말아야 하나 고민하고 있었다. 그런데 영 마음이 내키지 않았다. 나는 한 번 더 진희를 만나서 설득했다.

"아무리 그래도 진희야, 네가 학교에 가지 않기 위해서 그런 약을 먹는다는 것은 아닌 거 같아. 일단 학교는 빠지지 말았으면 좋겠고, 약은 먹지 말았으면 좋겠어. 그리고 너의 생각을 부모님과 함께 의논 드려봐 네가 간절히 원한다면 부모님께서도 허락하지 않으실까? 그리고 네가 만약에 학교에 오지 않으면 나는 선생님께 즉시 말할거야. 왜냐하면 나는 너의 친구이기도 하지만 나는 학급일을 맡아서 하고 있는데 공적인 일도 해야 한다고 생각해."

그 다음 날 나는 조마조마한 마음으로 학교에 도착했다. 우선 여기저기 두리번거리며 진희가 등교했는지 찾았다. 아직 진희는 오지 않았다. 9시가 되려면 3분밖에 남지 않았다. 내 가슴이 콩닥콩닥 마구 뛰기 시작했다.

'안 오는 걸까? 어떡하지, 어떡하지…….'

순간 문이 드르륵 열렸고 나는 자동적으로 앞문을 쳐다보았다. 담임 선생님과 함께 진희가 간발의 차이로 들어오고 있었다. 나는 진희를 바라보면서 그냥 엄지를 치켜올렸다. 진희는 쑥스럽다는 표정으로 나를 향해 눈을 찡긋해 보였다. 나는 '휴' 하며 긴 한숨이 나왔다. 그 후 진희는 원래 자신의 생기 있는 모습을 되찾기 시작했다. 이때 내가 깨달은 것이 있다면 십대들에게 친구는 정말 중요하다는 것이다. 그냥 말없이 들어주는 친구, 속이야기를 다 이야기해도 비밀을 지켜주는 친구, 그런 친구가 있기에 십대인 우리들의 청춘은 더욱 더 빛나는 것이 아닐까?

02

엄마는 잔소리꾼

"방 치웠니?"

"숙제는 했어?"

"씻었어?"

"옷은 잘 정리했어?"

"책상이 그게 뭐니!"

"또, 또, 또! 자꾸 핸드폰만 만지작거릴래!"

"네가 하는 꼴을 좀 봐봐! 내가 이야기 안 하게 생겼니?"

"나 엄마하고는 말 안 해!"

"나도 너하고는 이제 더 이상 말 안 한다."

엄마의 목소리가 자동 지원되는 것처럼 생생하게 들리는 것 같다. 한번 거부하면 당장이라도 등짝에 손바닥이 날아 들어올 것만 같다. 아침 등교 시간이 다가오자 나는 무척 바빴다. 그런데 그날 엄마가 밥을 먹으라고 부르면서 방문을 열었을 때, 엄마 눈에 들어온 것은 널브러진 옷더미와 공책들이었다. 돼지우리 같은 내 방을 본 엄마는 그 자리에서 폭발하고 말았다. 입에서는 잔소리가 끝없이 흘러나오고 손은 허리 위에 놓였으며, 당장이라도 날아서 내 팔뚝에 큰 자국을 남길 것만 같았다.

"엄마가 항상 말했지! 방 좀 치우라고! 정말…… 몇 번이나 얘기하니, 몇 번이나! 아주 네 방을 보면 화가 솟구쳐! 너 이거 오늘 밤까지 안 치우면 엄마가 다 쓸어버릴 거야! 알았어?"

엄마의 목소리가 어찌나 크던지 옆집에서 쫓아 나와도 뭐라 할 수 없을 것만 같았다. 이마에서 식은땀이 흘렀지만 어찌할 수가 없었다. 우리 엄마는 잔소리를 많이 한다. 모두 나를 위한 잔소리겠지만 최근 들어 더 늘었다. 마치 나의 문제점을 해결하면 또 다른 문제점을 잡아 콕 찌르는 기분이랄까. 해도 해도 끝이 없는 엄마의 잔소리는 너무 많이 들어서인지 안 들으면 오히려 이상할 정도다. 그런데 엄마가 잔소리를 하는 이유는 내가 보기에도 이해가 된다. 왜냐하면 나 또한 엄마의 폭풍 같은 잔소리를 들으면서도 꿈적도 하지 않으니 말이다. 엄마도 이상하지만 도대체 나는 왜 그러는 것일까? 나만 유독이 그러는 것인가? 친구들에게 물어도 거의 나와 똑같은 상황이었다.

방이 어지러워진 모습에 엄마는 잔소리를 하다가 어느 때는 방의 문제가 아니라 평소에 쌓였던 불평불만이 훈계로 다가온다. 그렇게 되면 나는 방문만 닫는 게 아니라 마음의 문도 쾅 닫아 버린다. 이렇게 하는 내가 스스로도 싫지만 자연적으로 그렇게 되어 버린다. 나 또한 속상해서 입을 콱 다문 것뿐인데 엄마는 내가 반항하는 것으로 오해를 한다. 그러니 나는 나대로 엄마는 엄마대로 자기주장만 난무하게 된다. 아마도 이런 상황에서 엄마들은 분명 좋게 말했다고 할 것이다. 그런데 아이가 듣지 않으니까 화를 내는 것이라고 할 수도 있다. 사춘기의 뇌는 멈추게 되고 아무리 '너 잘되라고 이러는 거야'라고 해도 우리는 그냥 엄마의 잔소리로 여겨진다. 그래서 더 이상 부모님과 말하고 싶지 않은 것이다. 이런 상황들이 반복이 되면 부모와 자녀 사이는 점점 더 멀어질 수밖에 없다.

작년 연말에 송년회 초대를 받아 이모 집에 갔다. 거실이 깔끔하게 정리되어 있었고 인테리어도 너무나 예쁘게 꾸며져 있다. 어른들은 거실에서 식사를 하고 우리들은 사촌 언니 방으로 들어갔다. 아마 우리 엄마가 언니 방을 보았으면 기절초풍할 것이다.

"언니, 이모가 뭐라고 안 하셔?"

"안 하긴, 매일 싸운다. 그래도 나는 소중하니까." 라면서 엉뚱한 대답을 했다. 사촌 언니는 엉뚱한 캐릭터다. 아마 언니가 우리 집 딸이었으면 엄마가 무척 힘들어 했을 것이다. 집으로 돌아오는 길에 나는 엄마에게 말했다.

"엄마! 언니 방 봤으면 기절했을 걸."

"왜?"

"왜긴 발 디딜 틈이 없으니까 그렇지, 내 방은 양반이야."

"으구…… 치우고 좀 살자, 응!"

그런데 내가 사춘기라면 부모님은 오춘기다. 우리 집 기운은 폭풍전야와 같을 때가 있다. 언제 휘몰아칠지 모르는 기운이 느껴진다. 가만히 생각해 보면 엄마와 내가 똑같이 병에 걸린 것 같다는 생각이 든다. 엄마도 신경질적이고 날카롭고 나 또한 의기소침하고 아무것도 아닌 일에 발끈하니 말이다.

언젠가 언니가 친구 문제로 고민하고 힘들어 했을 때의 일이다. 갑자기 온 가족이 모여 앉아 이야기를 나누다가 언니가 방으로 들어갔는데 언니가 흑흑 거리며 우는 소리가 났다. 나는 얼른 아빠한테 "언니한테 좀 가 보세요. 언니가 고민이 있나 봐요."라며 "아빠, 절대로 선생님 모드로 말하지 말고 친구 모드로 이야기해야 해요."라고 넌지시 말했다. 아빠는 "알았어, 알았어."라고 말하며 언니 방으로 들어갔다. 그런데 몇 분 있다가 나온 아빠의 얼굴은 붉으락푸르락 그 자체였다. 내가 분명히 친구 모드로 들어가라고 했는데 선생님이 되었던 것 같다. 나는 씁쓸한 기분이 들었다. 우리 집의 대화는 완전히 선생님이 학생에게 훈계하고 목사님이 설교하는 모습이다. 그러니 자연적으로 부모님과의 대화는 없어질 수밖에 없다.

우리는 아주 작은 이야기라도 깔깔거리며 부모님과 나누고 싶다. 아무것도 아닌 것에 배꼽을 쥐며 웃어 보고 싶기도 하다. 그런데 부모님은 자꾸 우리를 지적한다. 우리의 말은 들으려고 하지 않고 부모님이 하고 싶은 말만 한다. 또한 "나는 너희들 때문에 사는 거야."라는 말을 한다. 이런 말은 정말 부담스럽다.

십대의 시기는 감정의 뇌가 과잉적으로 활성화되어 있기 때문에 이성보다는 감정의 지배를 받기 쉽다고 뇌 과학자들은 말한다. 그렇기 때문에 갑자기 우울하기도 하고 슬프기도 하는 등 여러 감정들이 통제되지 않는 경우가 많다. 예기치 않은 순간에 감정이 폭발하기도 하고 쓸데없는 반항심으로 마음에도 없는 소리를 한다. 그래서 어른들의 화를 돋우기 일쑤이다. 이러한 상황에 필요한 것은 그냥 우리를 믿어 주는 것이다. 부모님이 보기에 불안하더라도 잠시만 믿어 준다면 우리 스스로 성장해 나갈 것이다.

03

꼭두각시 인생

꼭두각시는 남이 조종하는 데로 움직이는 인형이다. 즉 '줏대 없이 조종자에 의해서 이리저리 움직여지거나 놀아나는 사람'을 빗대어 쓰는 말이다. 그런데 이 꼭두각시의 모습이 꼭 우리들의 모습과 비슷하다. 마치 명령어를 주면 움직이는 자동 로봇처럼 말이다. 십대는 학교에서 많은 시간을 보낸다. 교육을 사업으로 취급하며 많은 돈을 버는 학교들은 경쟁 속에서 허우적거린다. 또 우리들에게 주입식 교육을 강요한다. 그러면서 경쟁에서 밀려나는 아이들을 외면한다. 필요 없으면 폐기 처분당하는 쓰레기가 되지 않기 위해 친구를 이기려고 하고, 부모님이 원하는 대로 움직인다. 마치 영혼 없는 꼭두각시 인형처럼 말이다.

우리에게도 삶이 있다. 실수를 하고, 부족하더라도 자신이 가지고 있는 생각을 발휘하고 싶다. 그런데 지금의 학교생활에서는 우리의 생각들을 사용할 기회가 별로 없다. 그냥 어른들이 시키는 것만 잘하면 그만이기 때문이다. 너무나 안타까운 현실이다. 사람은 저마다 엄청난 재능을 가지고 태어난다. 그런데 어떤 사람은 그러한 재능이 있는지 조차 모르며 살고 있고, 또 발견되지도 않는다. 설사 발견했다 하더라도 학교를 다니다 보면 그러한 재능들을 사용할 기회가 없고 쓸데없어지게 된다. 곧 재능은 모두 사라진다. 너무나 아까운 보석들이 발견되지 못하고 자신도 모르는 사이에 없어지게 되는 것이다. 지금 우리가 살고 있는 세상은 아주 큰 변화가 일어나고 있다. 그 변화 속에서 우리 청소년들이 세계 속에서 주인공으로 살아갈 수 있을까?

어른들은 우리가 세계 속의 주인공이 되어야 한다고 말한다. 그러나 우리는 한 번도 주인공이 되어본 적이 없다. 그런데 어떻게 무엇으로 세계 속에서 주인공이 될 수 있을까? 자신이 없어진다. 내 주변 친구들만 보아도 개성이 독특하고 창의력이 뛰어난 '끼' 있는 친구들이 많다. 어떤 친구는 상상력이 뛰어나서 친구들의 부러움을 사기도 한다. 그러나 그것은 잠시뿐이다. 선생님은 수업이 진행되면 이상한 행동하지 말고 공부나 하라고 면박을 준다. 너는 도대체 왜 그러냐고 수업 끝나고 교무실로 오라고 한다. 뭔지 모르지만 어긋나는 느낌이다. 계속 좌절해야 하고, 생각은 무시당한다. 어느새 우리의 마음속에는 많은 것들이 쌓인다.

나는 사촌 언니가 있다. 채연이 언니인데 언니는 학교에서 단골 상담 학생이다. 심지어 이모까지 선생님에게 불려간다. 언니는 귀엽고 유머가 넘친다. 완전히 개그맨이라고 할 정도로 웃기는 것에 소질이 있다. 친구들로부터 많은 부러움을 사고 있지만 어른들에게는 골칫거리 학생이다. 언니의 장래희망은 '헤어 아티스트'다. 지금도 웬만한 미용사보다도 머리를 예쁘게 만진다. 뿐만 아니라 친화력 또한 좋다. 그래서 나는 언니가 부럽다. 내가 가지고 있지 않은 장점이 너무 많기 때문이다. 언니와 함께 있으면 유쾌하고 즐겁다. 생각도 긍정적이고 센스 있는 언니의 행동이 나의 마음을 설레게 하기도 한다. 그러나 학교에서는 완전히 찍힌 '도끼녀'다. 이모도 학교에서 선생님과 상담을 하고 오면 기운이 빠진다고 한다. 그러나 다행히 이모는 언니의 지금 상황을 존중하고 이해하는 것 같다. 이모는 공부만 중시하는 분위기에서 "그래, 넌 사람을 유쾌하게 하는 능력이 있는 것 같아." 라고 말하며 채연 언니를 지지해 준다. 아마도 이모가 지지해 주지 않았다면 언니는 아마도 학교생활을 제대로 하지 못하고 있을 것이다. 이렇게 나를 위해서 한 사람이라도 마음을 써주는 사람이 있다면 우리는 잘할 수 있다.

"윤경아, 너 유학갈래?"

"왜, 유학 보내고 싶어요?"

"응, 우리 딸이 한국에만 있기 너무 아까운 것 같아서……."

"그러게, 나도 유학 가고 싶기는 하지."

요즘 엄마와 나는 진로 문제에 대해 이야기를 많이 한다. 엄마는 지금의 교육 현실에서 내가 있기가 너무 아깝다는 것이다. 그건 나도 마찬가지라는 생각이 든다. 내가 학교생활을 잘 못하고 있는 것은 아니지만 수많은 시간을 공부에만 묻혀서 보내기가 정말 아깝다. 도대체 내 생각이라는 것을 할 시간이 없다. 그냥 반복적으로 기계처럼 돌아가는 생활이다. 즐겁고 기쁜 것은 찾아볼 수도 없고 많은 시간을 문제 풀이에 보내고 있다. 그나마 내가 살고 있는 곳은 조그만 시골 마을이라 덜 하기는 하지만 도시의 청소년들은 우리보다 몇 배 더 많이 공부에 매진한다고 한다.

얼핏 듣기엔 우리에게는 여유가 있는 듯 보이지만 내가 하고 싶은 것을 하기에는 시간이 없다. 생각을 궁리해 보고 내가 잘하는 것을 찾아서 하기에는 시간도 없고 기회도 없다. 그러나 나는 이런 없는 시간을 내서 책을 쓰고 있다. 작가라는 꿈을 이루기 위해서 틈틈이 글을 쓰고 있는데 정말 미칠 지경이다. 내가 좋아서 시작했지만 나의 발목을 잡아서 더 이상 하기 싫어 질까봐 걱정이다. 학교를 마치고 학원까지 들렀다 집에 오면 밤 열시가량이 된다. 그때부터 글을 쓰다 보면 새벽 3시가 훌쩍 넘어간다. 나도 모르게 잠이 들기도 한다. 아침이면 일어나는 것이 전쟁이다. 엄마는 이렇게 잠을 못 자고서 어떻게 공부하는지 의심이 난다고 한다. 그렇다. 나는 학교에 가면 잠자는 공주가 된다. 이런 내 모습을 안쓰러워 하는 엄마는 나를 유학 보내고 싶어 한다. 과연 이것이 최선의 방법일까?

엄마는 '전략적 협의'라는 말을 자주한다. 여러 가지 문제가 발생하거나 말하기가 궁색하면 사용하는 단어다. 지금 상황이 어떠

하더라도 잘 매칭 해야 한다는 것이다. 그래야 성공할 수 있다고 한다. 정말 엄마의 말은 어렵다. 현재 나의 상황은 스스로 무엇인가 결정할 기회가 거의 없다. 어쩌면 어른들이 시키는 대로 그냥 아무 생각 없이 하는 것이 편할 수도 있다.

어른들이 보기에 십대들이 한심해 보일 수 있다. 왜 그러냐고 언성을 높이고 싶을 수도 있을 것이다. 그러나 세상은 변화하고 있다. 우리에게 수없이 많은 잠재된 재능이 있다는 것을 이해하고 우리가 그 재능들을 마음껏 펼칠 수 있도록 기회를 주었으면 좋겠다. 우리는 공부 기계가 아니다. 공부가 아니어도 자신이 더 잘하는 것으로 충분히 행복해질 권리가 있다.

04

부모님의 꿈이 나의 꿈?

모든 일은 자발적으로 하는 것이 좋은 법이다. 동물이든 사람이든 어딘가에 갇혀 시키는 대로 하는 것보다는 하고 싶어서 스스로 하는 것이 더 효과가 있고, 기분도 좋다. 하지만 십대들을 보라. 스스로 하고자 하는 마음이 보이기는 하는가? 당치도 않는 소리다. 우리들은 부모님 꿈에 갇혀서 이러지도 저러지도 못하고 있다.

많은 십대들은 "엄마가 자꾸 꿈을 강요하시는 데 어떡하나요?", "내가 하고 싶은 것이 있는데 부모님이 반대를 하세요.", "진로 때문에 부모님과 싸웠어요."라며 어려움을 이야기한다. 물론 잘 살라는 부모님의 마음은 이해를 하지만 싫은 건 어쩔 수 없다. 그리고 부담스럽다. 실제로 내 친구 현미는 부모님의 바람대로 의사가 되고 싶어 한다. 이곳 시골에서 의사가 탄생하려면 어떻게 공부해야 하는지 짐작이 아마 안 될 것이다.

현미의 하루는 새벽 4시부터 시작이다. 새벽에 일어나서 외국어 과외 한 시간을 받고 학교가 끝나면 이곳 학원을 믿을 수 없어서 서울까지 간다. 공부를 끝내고 집에 들어오면 새벽 1시경이 된다고 한다. 그러니 현미의 엄마는 학교 귀가 시간에 맞추어서 항상 교문 앞에서 대기하고 있다. 현미는 우리들과 어울려서 이야기할 시간도 없다. 공부에 또 공부를 해야 하므로 아침 시간이나 쉬는 시간에도 절대로 잡담은 하지 않는다. 우리와 다른 세상에 사는 아이 같다. 이러한 이야기는 영화에나 나올 법한 이야기라고 생각할 수 있지만 절대 아니다. 현미는 확실히 우리보다 수준이 높은 것 같다. 거의 틀리는 문제가 없을 뿐더러 도통 실수라는 것을 하지 않는다. 완전 괴물이다. 우리는 현미를 '괴물 아이'라고 부른다. 현미 엄마는 이미 현미의 삶을 의사로 결정해 놓은 것 같다. 그러고 보면 현미도 착하다는 생각이 든다. 아마 나였다면 미쳤을 것이다. 그런데 현미도 꿈이 의사이지 않을까? 왜냐하면 스스로 좋아서 결정했다면 그럴 수도 있기 때문이다.

"현미야, 너 진짜 공부 잘한다."

"그래, 너도 잘하잖아."

"아니, 나는 잘한다고 할 수 없지!"

"너는 꿈이 뭐야?"

"엄마가 의사하래."

"아니, 네가 하고 싶은 거?"

"그거, 없어."

"그래도 네가 되고 싶거나 하고 싶은 거."

"없다니까."

"……."

어렵게 현미와 말을 튼 나는 짧은 대화를 나누었다. 사실 현미는 친구들과 이야기를 잘 나누지 않는다. 아마 이야기할 시간도 없을 것이다. 그래도 말을 걸어준 내가 현미에게 의미가 있었나 보다. 쉬는 시간 종종 나와 눈이 마주치는 것을 보면 말이다. 아마도 유일하게 말을 걸어준 사람이 나였던 모양이다. 이렇게 나는 현미의 유일한 친구가 되었다.

"윤경아."

"응."

"내가 왜 사는지 모르겠어."

"왜?"

"그냥 외롭고 슬퍼……."

"말해 봐?"

"나, 있지 뭐가 뭔지 모르겠어. 왜 사는지도 모르겠고, 미칠 것
같아, 숨을 쉴 수가 없어, 가슴이 탁 막히고 눈물만 난다."

나는 더 이상 이야기를 하면 안 될 것 같아 현미의 어깨에 팔
을 감싸 주었다. "현미야 사는 게 다 그렇지 뭐, 나도 그럴 때 많
아."라며 우리는 말없이 한참을 걸었다. 우리가 보기에 잘하는 것
같아 보여도 현미가 많이 힘들었던 것 같다.

"엄마는 내가 뭐가 되었으면 좋겠어?"

"글쎄, 엄마가 되라고 하면 될 거야? 엄마는 네가 즐겁고 재미
있게 할 수 있는 것을 했으면 좋겠어."

"그게, 더 어려워."

"그럼, 쉬운 게 어디 있어."

"잘 모르겠으면 네가 잘하는 것이 무엇인지 생각해 봐."

"없는데……."

나는 정말 꿈이 많다. 되고 싶은 것이 왜 그렇게 많은지 모르겠다. 꿈에 관한 나의 경우는 비교적 자유롭다. 공부는 잘해야 한다고 하지만 우리 부모님은 내가 되고 싶은 것에 항상 나의 의견을 존중한다. 맘껏 꿈을 펼칠 수 있도록 다양한 기회를 열어준다. 부모님의 이런 교육관 덕분에 나는 중학생인 나이에도 많은 경험을 한 편이다. 부모님은 작가가 되고 싶은 나에게 작가 수업을 받게 해주었고, 또한 내가 쓴 글이 세상 밖으로 나올 수 있도록 길을 열어 주셨다. 가끔은 잘할 수 있을까? 하고 고민하고 있을 때 콕 집어서 내가 잘할 수 있도록 안내자 역할을 해주었다. 그때 나는 가슴이 벅차올랐다.

그래서 내가 정말 잘하는 것이고 나의 꿈이 바로 작가라는 확신을 갖게 되었다. 그래서 나온 것이 《버킷리스트4》와 《되고 싶고 하고 싶고 갖고 싶은 36가지》라는 책이다. 이렇게 하나씩 나의 꿈은 날개를 달고 세상에 드러났다. 또 내가 잘하는 것 중 하나가 발표를 하는 것이다. 사람들 앞에서 말을 할 때는 무척 떨리고 안절부절 하지만 이상하게도 앞에만 서면 당당해지는 것이 무대 체질인 것 같다. 엄마는 내가 발표를 잘하는 것을 눈치채고 강연가 수업도 듣게 해주었다. 역시 나와 딱 맞는 수업이었다. 나의 발표 실력은 나날이 나아졌고 당당히 유료 강의를 할 기회도 생겼다. 이 순간의 짜릿함은 말로 표현할 수 없다. 이렇게 나의 꿈은 세상을 향해 도전하고 있다. 앞으로 나는 또 다른 꿈을 꾸고 성취하면서 친구들의 꿈을 도와주는 꿈 멘토로도 활약할 것이다.

친구들에도 외치고 싶다. 꿈은 한 가지만 있는 것이 아니다. 부모님이 원하는 꿈도 있지만 나의 진정한 꿈이 무엇인지 찾아내서 당당히 선포하라고 말하고 싶다. 왜냐하면 말한 대로 이루어지는 법이기 때문이다. 기죽지 말고 당당하게 자신의 꿈을 선포해 보자. 그리고 부모님의 이루지 못한 꿈에 갇힌 오리처럼 살지 말고 독수리처럼 당당하게 날아오르자. 그러면 꿈이 '나'를 응원할 것이다.

05

학교, 학원, 학원 또 학원

벌써 1년째 학교, 학원, 학원이라는 무한의 루프를 돌고 있다. 앞으로 몇 년 만 있으면 이 생활도 끝이겠지만 그때부터가 더 끔찍하다고 한다. 그럼에도 불구하고 나는 이 루프가 끝나길 원한다.

요즘에는 학원을 다니지 않는 십대들을 찾아보기 어렵다. 심지어 밤 10시가 넘어 학원을 마치고 돌아오는 경우도 있다. 학원이라는 게 어느 누구에게는 편한 곳일지 몰라도 다른 이에게는 가장 진절머리가 나는 곳일 수도 있다. 학원에서 지루한 공부를 마치면 또 다른 지루한 학원이 나를 기다리고 있다. 이렇게 우리들은 학원과 깊게 연결되어 있다. 나도 학원을 다니느라 정신이 없지만 만약에 내가 학원을 다니지 않는다고 생각한다면 잘할 자신이 없다. 불안한 마음이 더 큰 것은 나만 느끼는 생각이 아닌 것 같다. 얼마 전 엄마와 학원 문제로 이야기를 한 적이 있다.

"엄마, 6개월만 학원 안 다니고 집에서 혼자 공부해 볼까?"

"그래, 듣던 중 반가운 소리인데."

"진짜야. 내가 혼자 공부해 보고 성적이 떨어지면 다시 다니는 걸로 하면 안 될까?"

"그게 가능할까? 알아서 하렴."

"딱, 6개월만 혼자 해 보고 싶어, 나를 시험할 겸 말이야."

"알았다니까."

나는 엄마의 허락을 받아냈다. 허락까지는 아니지만 일단 통보는 했다. 사실 엄마는 나를 억지로 학원에 보내지 않는다. 내가 스스로 불안하면 엄마는 추천만 하는 정도다. 그러고 보니 내가 선택한 경우가 훨씬 더 많다. 왜냐하면 친구들한테 지는 것이 싫었기 때문에 전전긍긍했던 것이다. 그런데 나는 엄마가 학원을 가라고 떠민 것처럼 힘들다고 투덜댔었다. 이것은 고도의 심리전이라는 생각도 든다. 엄마가 학원을 가라고 떠밀지는 않았지만 갈 수밖에 없게 만드는 것이다. 이렇게 십대는 학원과 긴밀한 애증의 관계에 있는 것 같다. 어쩌면 학교 선생님들보다 더 각별한 관계가 된다. 심지어는 우리의 진로 상담을 비롯한 여러 가지 고민들을 학원 선생님과 함께 하는 경우가 많다.

　내가 다니는 수학 학원은 중학교 1학년인데도 벌써 중3 공부를 선행학습하며 똑같은 문제를 수없이 반복한다. 나는 이해되지 않는 문제를 수없이 반복하는 것이 싫었다. 그런데 선생님은 적어도 이 정도는 할 줄 알아야지 시간 내에 다양한 문제를 풀 수 있다고 말한다. 나는 이렇게 기계처럼 반복하는 것이 적성에 맞지 않는다. 도저히 생각이라는 것을 할 수 없게 한다. 아니 생각을 하면 안 되는 것 같다. 문제가 나오면 답이 바로 나올 수 있도록 하는 것이다. 이런 것들이 인생에 무슨 도움이 되는지 도대체 알 수가 없다. 도대체 언제쯤 이러한 기계식 공부에서 벗어날 수 있을까. 다양한 생각과 서로 다른 의견들이 부딪치면서 여러 가지 답을 만들어 내고 토론하는 가운데 창의성도 독창성도 쑥쑥 자라는 것이다. 그 후로 나는 수학 학원을 그만두었다. 처음에는 불안한 마음이 들었지만 속이 시원해서 쾌재를 불렀다. 콧노래가 저절로 나왔다. 이러한 나의 모습을 보고 엄마는 진작 그만두지 하면서 빙긋이 웃었다. 물론 많은 십대나 부모님들이 동의하지 않을 수도 있다. 그러나 그것은 남들과 똑같이 할 필요 없이 자신에게 맞는 것을 선택하면 되는 것이다.

공부를 잘한다는 것은 무엇일까? 공부를 더 잘하라고 부모님들은 우리를 학원에 보낸다. 그런데 왜 부모님들은 공부에 한이 맺힌 것처럼 공부에 집착하는지 이해가 안 된다. 내가 흥미 있어 하고 그것을 조금 더 잘하기 위해 학원에 다니는 것이 아니라 성적을 올리기 위해서 학원을 다니는 경우가 대부분이다. 반에서 상위권에 들어야 좋은 대학교를 가고 그러기 위해서는 고등학교부터 좋은 곳에 들어가야 한다는 식이다. 만약 그렇게 하지 않으면 사회 낙오자가 되기나 하듯이 우리를 학원으로 내몬다.

물론 나도 공부를 잘하고 좋은 대학에 들어가는 것이 좋다. 할 수만 있으면 그렇게 하고 싶다. 그러나 모두가 다 그럴 수 없는 것은 아닐까? 좋은 대학을 나왔다고 사회적으로 성공하는 것도 아니고 개인적으로 만족하는 것도 아니다. 학원 교육은 우리 십대들에게 열의와 의지를 북돋기는커녕 많은 것을 빼앗아 버린다.

현대사회는 변화에 대한 적응성과 새로운 아이디어를 내는 창의성이 요구된다. 그런데 이런 것을 알면서도 획일적인 학원 교육에 많은 시간과 돈을 투자한다는 것은 낭비 중의 낭비다. 이제는 다른 교육이 필요한 시점이라고 본다. 이렇게 단순 내용을 반복하는 것이 아니라 여러 가지 실질적 경험을 통해 실제적인 공부를 하는 것이 필요하다.

요즘은 평생공부라고 해서 죽을 때까지 공부한다. 우리 엄마만 보아도 공부 병에 걸린 것처럼 공부를 열심히 한다. 어떤 때는 학생인 나보다도 더 열심이다. 밤을 꼬박 새기도 하고 여러 곳을 찾아다니면서 공부를 한다. 그러니 내가 어떻게 공부를 게을리할 수 있나 하는 생각이 든다. 아무래도 엄마를 보면서 나도 긴장을 늦출 수가 없다. 엄마는 나에게 롤 모델이며 적극적인 동기부여가다.

친구들은 아직도 자신에게 맞는 진로를 찾지 못하고 있는 것이다. 내가 보기에 많은 잠재력을 가지고 있으면서도 그런 것들을 발견하지 못하고 있다. 참으로 안타까운 현실이다.

얼마 전 내가 초등학교 후배들을 대상으로 강연했을 때의 일이다. 동생들의 눈이 반짝반짝 빛나는 것을 보고 나도 가슴이 설 렜었는데 작가가 되고 싶다는 꿈을 가진 동생이 내게 멘토가 되어 달라고 했다. 아마도 책을 쓴 나를 통하여 자신의 잠재적인 미래를 엿보게 된 모양이다. 나는 흔쾌히 승낙했다. 나 또한 기분 이 너무나 좋았고 내가 뭔가 중요한 일을 해냈다는 자긍심이 느 껴져서 하늘을 나는 기분이었다. 동생들과 나는 이러한 활동을 통해서 서로를 배워가면서 공부를 한다.

이렇듯 우리들은 누군가를 통하여 나도 할 수 있다는 자신감 을 얻는다. 내가 엄마를 보면서 자신감을 얻고 동기부여가 된 것 처럼 친구들이나 동생들도 나를 보고 '나도 할 수 있겠는데' 하는 자신감과 자극을 받게 된다. 그러니 우리들의 소중한 시간을 학 원에서 보내는 것은 무의미하다. 나는 앞으로 십대들을 위한 꿈 프로젝트를 준비할 예정이다. 친구들은 '윤경이도 하는데 나도 할 수 있어'라는 동기부여를 찾고 자신감을 갖게 될 것이다. 이 프로젝트를 통하여 우리 십대들이 지금까지와는 다른 비전을 가 질 수 있고 삶을 놀랍게 변화시킬 수 있는 열정을 찾도록 도와줄 것이다. 우리 십대들에게 잔잔한 변화의 물고를 터주는 꿈 멘토 가 되고 싶다.

06

일등이 아니면 안 돼!

많은 사람들은 2등보다는 1등을 원한다. 무조건 1등만 대접받는 세상이다. 이러한 현실은 십대들의 사회에서도 결코 무시할 수 없다. 어떤 경기나 대회에서 1, 2, 3등으로 나뉠 때, 2등의 행복도가 가장 떨어진다는 연구 결과가 있다.

그 이유는 먼저 1등은 슬퍼할 이유가 없다. 사기를 치지 않은 이상 자신의 소신 것, 열심히 노력하여 얻은 상이기에 슬퍼할 겨를 없이 행복하다. 그렇다면 3등은 왜 행복도가 2등보다 떨어지지 않는가. 그 이유는 3등은 '3등이라도 해서 다행이야'라는 마인드를 갖게 되기 때문이다. 그렇다면 답이 나왔다. 2등은 3등과는 달리, '조금만 더하면 1등을 이길 수 있었을 텐데'라는 생각이 마음속을 채우기 때문이라고 한다. 열심히 노력한 것은 사실이지만 1등보다 못한 것에 대해 아쉬움이 크게 작용해서 그런 것이다.

이렇듯 사람들은 자신의 노력이 한순간에 물거품이 됐다고 생각할 때 낙심한다. 십대도 마찬가지다. 1등만 찾는 이 세상에서 한순간에 노력이 물거품이 됐다는 생각에 주저앉을 수밖에 없다. 실제로 시험, 조별 활동, 운동회, 축제 등 학교에서는 많은 행사를 주최한다. 그중 가장 대표적인 것이 시험이다. 시험은 다른 활동들과는 다르게 개인적으로 하는 것인데 그만큼 경쟁이 치열하다. 1등을 해야 부모님을 기쁘게 해드릴 수 있기도 하고 내신 관리는 철저하게 이루어져야 하기 때문이다. 그래서 요즘 십대들은 1등의 자리를 놓고 쟁탈전을 벌인다. 수많은 방법들을 통하여 배우고 공부하고 있다. 하지만 1등이 되지 않은 순간 그 과정들이 거의 사라지다시피한다. 정말 속상한 일이 아닐 수 없다. 죽어라 공부하고 공부했는데 1등이 아니라니. 그 순간 우리는 대부분 공부의 내공이 생긴 것보다는 1등이 아니라는 사실에 방황하고 만다. 이 역시 1등이 아니면 안 된다는 현실의 부작용이다.

"야. 괜찮아. 다음에 이기면 되지 뭘."

중학교 1학년 때, 학교에서 탐구토론을 한 적이 있었다. 3인 1조가 되어 주어진 주제에 찬성과 반대에 입장에서 토론을 나누는 것이다. 1학년들의 주제는 '공동주택에서 애완동물을 길러도 되는가?'였다. 나는 평소에 같이 알던 친구 두 명과 함께 자료를 정리하고 연습도 하고 다양한 정보도 찾았다. 그리고 당일, 토론 예선전을 치루고 당당히 우승하고 본선에 오를 수 있었다. 열 팀 중 우승 후보는 두 팀이었고, 그중 하나가 우리 팀이라는 사실에 여기서 멈춰도 괜찮다고 생각했다. 본선을 치루고 다음 날, 결과가 나왔다. 아쉽게도 2등이었다. 괜찮을 거라고 생각했었지만 생각보다 기분이 좋지 않았다. 2등이라는 것도 참 대단한 일이었지만 1등에 눈이 멀어 버린 나는 2등의 가치를 놓치고 말았다.

우리들은 어렸을 때부터 1등이 아니면 안 된다는 세상에 살고 있다. 아무리 열심히 하고 노력해도 막상 결과가 그렇지 않으면 말짱 도루묵이 되는 것이었다. 어떤 부모님은 "아니 넌 그렇게 했는데 왜 그것밖에 안돼?"라며 쓴소리를 한다. 들으면 들을수록 속상해지는 말이다. 우리도 하고 싶은데 그쪽 분야가 아닌 것을, 어떻게 하면 좋을까? 이제는 성적이 십대 최고의 고민거리가 되었다.

어떤 교육 방송 프로그램에서 '누가 일등인가'라는 주제로 진정한 1등의 기준이 무엇인지 알아보는 새로운 실험을 했다. 수능 만점자부터 꼴찌까지 다양한 학생 9명이 제주도에 가서 그동안 만나지 못했던 새로운 시험을 치루는 것이다. 모두 자신들의 이름은 쓰지 않고 별명을 부르기로 하며 시험을 시작했다. 평가 기준은 OECD에서 미래사회가 요구하는 핵심역량으로 정의한 'DeSeCo 프로젝트다'. DeSeCo 프로젝트는 학교 성적을 넘어 실생활에 연관된 문제를 해결하는 복합적인 역량을 말하는 것인데, 3명의 평가자가 모니터를 통해 전해지는 학생들의 모습을 보고 학생들의 역량을 파악한다.

첫 번째로 '도구 활용하기 능력'을 봤는데 제주 방언과 기호로 표기된 지도를 보고 표시된 곳을 찾는 게임이다. 학생들은 제각기의 방법으로 게임을 해 나갔는데 주어진 찬스를 잘 이용해 성공 요인을 찾은 사람이 있고, 도구를 활용한 사람이 있는 반면 문제를 이해하지 못한 학생들도 있었다. 최종적으로 평가가 좋았던 3명이 있었다.

다음으로 평가한 것은 '이질적인 집단 속에서 상호작용하기'이다. 다른 집단과 소통하고 상호작용을 할 수 있는 능력을 보는 것이었는데 미션은 제주도에 머무는 어른들과 함께 음식을 만드는 것이었다. 각각 조를 만들어 활동했는데 말이 잘 통하지 않아서 곤란을 겪고 있는 듯 보였다. 할머니의 말을 해석하며 세 명의 행동을 이끌어 나가는 학생도 있었고 리더십을 발휘하는 학생도 있었다. 주도적으로 어르신과의 관계를 유지하는 태도를 보인 학생도 있었다. 마찬가지로 3명의 학생들이 뽑혔다.

마지막은 '자율적으로 행동하기'에 대한 평가였다. 스스로 무언가를 구성하고 실행하며 그 과정에서 자기 생각을 표현하는 자율적 행동능력을 평가한다. 자율적으로 리더를 뽑아 주민들에게 도움이 되는 일을 기획하게 했다. 학생들은 리더로 뽑은 학생의 제안으로 사진을 찍어 달력을 만들기로 했다. 학생들은 두 조로 나누어 한 조는 바닷가로, 다른 한 조는 산으로 가서 사진을 찍었다. 이 중에서도 역시 책임을 놓지 않는 학생이 있었고, 구체적인 해결책을 제시하는 학생도 있었다. 그리고 문제를 해결하기 위해 노력하는 모습을 보인 학생도 있었다. 그리고 마침내 달력이 완성되었다.

이것으로 DeSeCo능력 평가를 마치고 1등을 가려냈다. 매사에 적극적이며 어떤 일에도 앞장서 리드하는 게 보이던 친구, 자신의 장점을 잘 살려낸 친구, 주변 사람들과 끊임없이 소통을 하려던 친구가 뽑혔다. 이 9명의 학생들의 현실 모습은 어떠한지 살펴보면 어플리케이션 개발 대상 수상자, 수능 만점자, 수능 전체 9등급, 영화제 20회 이상 수상 등 다양한 경력의 사람들이었다.

이 시험의 요점은 어느 시점에서 어떻게 보느냐에 따라 1등은 달라진다는 것이었다. 그동안 성적 하나로 1등을 가려왔지만 그것은 나머지 영역에 있는 학생들을 볼 수 없게 만든 것이었다. 즉, 학생들의 다양성을 인정해야 한다는 것이다.

나는 이 시험에 대해 듣고서 참 의미 있는 시험이라고 생각했다. 학교에서 교실을 둘러보면 다양한 친구들이 있다. 그림을 잘 그리는 친구, 수학을 잘하는 친구. 영어를 잘하는 친구가 있는 반면 말을 잘하는 친구가 있다. 하지만 이런 우리들을 평가하는 것은 다름 아닌 시험이었고, 시험을 잘못 치른 학생들은 절망할 뿐이다. 그런데 이 시험을 보면 우리 십대들의 다양한 분야와 특기를 이해해 주는 것 같았다.

이렇듯 나는 1등도 중요하지만 우리들의 재능을 살리는 것도 중요하다고 생각한다. 1등이 아니면 안 된다는 생각을 갖지 말고 각자의 다양성을 인정해 준다는 눈빛으로 우리 십대들을 바라보면 좋겠다.

"일등이 아니면 안 돼."가 아니라 "일등이 아니어도 괜찮아."로 바뀌어야겠다.

07

어른들은 괴물, 우리들은 히어로

만화영화를 보면 대부분 해피엔딩이다. 무조건 착한 쪽이 승리한다. 절대로 변하지 않는 만화의 법칙이다. 악당을 물리치고 시민을 구해내는 멋진 히어로들은 어렸을 때 누구나 꿈꿔왔던 만인의 우상이고 롤 모델이다.

십대는 어른들과 많은 갈등을 겪는 시기다. 부모님의 의견에 심한 맞대응을 하기도 하고, 무시도 한다. 좀처럼 풀릴 기미가 보이지 않는 이 갈등 속에서 십대들은 어른들이 그저 만화에서만 나올 법한 괴물로 보일 뿐이다.

"오늘 정말 힘들다."

"피곤해?"

"어."

"왜."

"학원이 하나 늘었어."

"어쩌다?"

"엄마가 수학 못한다고 늘렸어."

"너 이제 학원 몇 개인데?"

"4개."

"막장이다, 진짜."

"인정."

"어떻게 사냐?"

"잘 살고 있다."

언제나 어른들은 학업을 강요한다. 기회가 많아진다고, 너를 위한 거라고 하는데 우리가 보기에는 그런 것 같지 않다. 정말로 우리를 위한 말이긴 한 것 같은데 전혀 와 닿지 않고 짜증만 난다. 그럴수록 늘어나는 공부의 양과 줄어드는 자유시간이다. 날이 갈수록 십대들의 학원 빼먹기 기술은 늘어나고 몰래 딴짓하기, 티 안 나게 잠자기 같은 기술에 있어서는 베테랑이 된다. 지루한 공부 속에서 생활하는 것도 이제는 익숙하다. 뿐만 아니라 페이스북 같은 가장 접하기 쉬운 정보망을 들어가다 보면 별별 사건들이 다 터지는 것을 알 수 있다. 그래서 더욱 고정관념이 생기는 데 가끔 몇몇의 십대들은 이런 것들로 인하여 '어른들의 세상은 악하고 차가워'라고 생각한다. 그리고 그런 사회를 변하게 할 수 있는 것은 자신들이라고 생각한다. 종종 어른들이 '미래는 너희의 세상이야. 공부를 열심히 해서 이 사회를 너희가 변화시켜야 되지 않겠니?'라고 한다. 십대의 눈에 비친 어른들은 괴물이고 자신들은 히어로다. 물론 예외는 있다. 그러면 이번에는 다르게 생각해 보자.

"어머님, 오늘도 H가 학원을 안 나왔는데 연락이 없어서요. 혹시 무슨 일 있나요?"

"네? 우리 아이가 학원을 안 갔어요? 분명 인사까지 하고 갔는데요?"

"네, 아직까지는 학원에 안 왔네요."

"그러면 일단 제가 연락해 볼게요."

"네."

"네."

H가 학원을 빠졌다. 대형 사건이 아닐 수 없다. 한 달에 30만 원이나 하는 비싼 학원을 빠지다니. 게다가 말도 안 하고 말이다. 애가 어디에 갔는지 전화도 안 받는다면 참 답답한 노릇이다. 아니, 답답해하기 전에 먼저 아이가 어디서 무얼 하고 있는지 걱정이 앞설 것이다. 어른들은 왜 우리가 종종 고생할 짓을 사서하고 있는지 안타까워한다. 참 귀엽고 순수하기만 했던 아이가 갑자기 하라는 건 안 하고 제멋대로가 된 일이 어찌된 일인지 도통 납득이 가지 않을 것이다.

어른들 입장에서 보면 우리도 괴물이다. 공부 문제 뿐만 아니라 점점 더 폭력적으로 변해가는 십대의 문제가 심각해지고 있어서 더욱 그럴 것이다. 하지만 십대들은 여전히 화를 내고 더 짜증을 낸다. 그런데 참 아이러니한 것은 이런 괴물 같은 십대를 구출하는 것은 다름 아닌 어른들이다. 십대는 괴물, 어른은 히어로가 된 셈이다.

어느 날 엄마가 옷을 사왔다. 나는 마음에 들지 않아 받지 않

았다. 그러자 엄마는 크게 실망했고 다시는 혼자서 옷을 사주지
않았다.

"엄마 나 이거 안 입을래."
"왜, 이거 비싼 거야. 너한테 딱 이길래. 사온거야."
"아니 그래도 이건 좀 어른들이 입는 거잖아."
"그러면 좀 어때. 어차피 곧 있으면 너도 어른인데."
"아니 그래도 이건……."
"그럼 입지 마! 언니 줄 테니깐."
"알겠어."

엄마와 갈등이 심각하게 고조되었던 날이었다. 지금도 쇼핑을
하면 이 말이 꼬리표를 문다. "어차피 내가 사준 거는 안 입을 거
잖아." 괴물이라는 단어가 생소해서 그렇지, 이 상황에서는 내가
엄마에게 골칫덩어리다. 그리고 엄마는 내가 자신의 취향에 안
맞는 사람이 되어 버린 것이다. 아무튼 내가 한창 이렇게 생각했
을 때, 인터넷 익명 게시판에 '어른들은 괴물, 우리들은 히어로'라
고 써 올린 적이 있었다. 다른 사람들의 생각을 보고 싶기도 했었

지만 어디까지나 나의 생각을 일반화시키기 위한 자기 위로의 한 방법이었다. 그때 여러 댓글이 남겨졌는데 인상 깊은 글이 있었다.

"착한 괴물이 되어라, 히어로들아!"

내가 미처 생각하지 못했던 부분이었다. 우리도 언젠간 어른이 될 것이고 그때가 마냥 멀지만은 않을 것이다. 말로만 어른들이 괴물이다. 싫다. 냉철하다고 하지만 우리도 몇 년 만 있으면 어른이 된다. 그리고 그때쯤이면 우리에게 괴물이라 할 십대들이 있을 것이다. 이 생각을 하니 앞날이 캄캄해졌다. 우리들은 히어로다. 하지만 어설픈 히어로다.

나는 앞으로 우리가 히어로가 되는 것이 아니라 어른들을 괴물이라고 생각하지 않았으면 좋겠다. 우리가 착한 괴물이 되던 나쁜 괴물이 되던 간에 어른과 십대 사이엔 분명 오해가 있는 것 같다.

08

엄마가 공부보다 더 힘들어요

엄마는 나의 꿈 모델이자 동기부여가다. 나는 엄마를 보면서 나의 꿈을 그리며 인생 전반의 모티브를 그린다. 그런데 주변 친구들을 보면 부모님과의 사이에 갈등만 있지, 부모님을 존경하는 마음은 없는 것 같아 안타깝다.

"엄마, 나 이번 수학 시험이 아주 꽝이야."

"뭐? 시험을 망쳤다는 거야? 잘하지 좀, 내가 이럴 줄 알았어."

"너, 요즘 하는 꼴을 보니 그렇지 뭐, 몇 개나 틀렸는데?"

"응, 수학 논술 문제 한 개."

"다른 친구들은 어땠어?"

"다들 틀렸어."

엄마는 다른 친구들도 틀렸다는 말에 조금 안도하는 것 같았다. 그래도 아깝게 왜 틀렸느냐고 한 마디한다. 그럴 때는 정말 엄마가 싫다. 왜 꼭 다른 친구와 비교하는지 모르겠다. 그렇지 않아도 한 문제를 틀려서 속이 뒤집어 질 것 같은데 엄마까지 속을 뒤집는다.

나와 엄마의 대화는 항상 공부로 시작해서 공부로 끝난다. 나는 속으로 '쳇'하며 씰룩거린다. 나를 가장 힘들게 하는 것은 엄마의 공부하라는 말이 아니라 공부를 강요하는 엄마의 말투와 행동이다. 친구 간에 힘든 일이 생기거나 고민거리가 있을 때 엄마에게 털어놓는다. 왜냐하면, 엄마의 지지를 받고 싶기 때문이다. 그냥 엄마에게 말함으로써 위로를 받고 싶은 것인데 엄마는 곧바로 우리들의 잘못을 지적하기 시작한다. 한바탕 질책과 비난이 쏟아진다. 그렇게 되면 더 이상 엄마와 이야기하는 것을 꺼리게 된다. 가끔 엄마에게 무슨 말인가 하려고 하다가 엄마를 부르고 나서 그냥 머뭇거린다. 그러면 엄마는 "왜, 말을 하다가 안 하고 그래?" 하면서 더 화를 낸다. 나는 속으로 '말하면 뭐해, 결과는 뻔한데'라면서 말하는 것을 멈춘다. 우리가 엄마에게 이야기하는 것은 무엇인가를 해결해 달라고 말하는 것이 절대 아니다. 그냥 이해받고 싶을 뿐이다.

"윤경아, 엄마 왔다."
"응"

나는 방문도 열지 않고 엄마를 맞았다.

"넌, 도대체 뭐가 불만이야?"
"왜? 또……."
"엄마 말이 말 같지 않은 거야? 어떻게 사람이 들어왔는데도 그 모양이야?"
"뭐가?"
"도대체 뭐가 되려고 그래, 아이고 속 터져 죽겠네. 그냥!"

느닷없이 방문을 열고 엄마는 나에게 소리를 쳤다. 나도 이렇게 소리를 치는 엄마를 보는 게 속이 터질 것만 같았다. 물론 엄마가 왔는데 방문을 열지 않고 핸드폰으로 친구와 전화를 하고 있었던 것은 내가 잘못한 것이다. 하지만 아무리 그래도 엄마는 오자마자 왜 소리부터 지르는 걸까? 나의 이야기도 들어보지 않고 버럭 화부터 내는 엄마가 정말 미웠다. 내 주위에는 엄마와 사이가 좋지 않은 친구들이 많다. 물론 우리에게 엄마는 최고의 지지자이기는 하지만 순간순간 숨 막히게 하는 존재이기도 하다.

"수미야 너희 엄마는 어때?"

"뭐가?"

"엄마 때문에 힘들지 않냐고?"

"왜, 많지, 많어, 많어……."

"내 말을 들어 주지도 않고 지적할 때, 정말 미치겠어."

"이야기하자고 하면서 완전 훈계할 때."

"나에게 괜히 짜증 폭발할 때."

"무작정 큰소리 칠 때."

"나만 바라보고 목매달고 계실 때."

"잔소리할 때, 완전 엄마는 잔소리 대마왕이야."

"공부, 공부할 때…… 수없이 많지. 아마, 책으로 쓰면 한 권 나올 걸."

우리는 이런 이야기를 주고받으며 그래도 '우리 엄마가 최고야!'
라는 생각을 했다. 그리고 우리가 아무리 잘못을 해도 마지막까
지 내 편이 되어주는 사람은 바로 엄마라는 사실을 다시 한 번
확인했다. 물론 소소하게 신경전을 벌이고 서로 속상한 마음이
극치에 닿을 때도 있지만 그래도 엄마는 우리에게 최고의 것을
주려고 한다. 때로는 윽박지르고 화내고 소리치기도 하지만 그것
모두가 우리를 사랑하기 때문이라는 것을 다 안다. 아마도 내가
잘못했을 때 어느 누구도 화를 내지 않는다면 그것이 더 비참할
것이란 생각이 든다.

내 친구 주희에게는 새엄마가 있다. 주희는 말이 없고 잘 웃지
않지만 공부는 잘한다. 주희의 새엄마는 주희가 원하는 모든 것
을 다 해준다. 혹여 잘못을 했더라도 다 용서해 주는 듯하다. 좋
은 옷은 물론이고 핸드폰도 새것이 나오면 일등으로 사준다. 용
돈도 넘치게 풍족히 준다. 주희가 생활하는 데 아무런 문제가 없
어 보인다. 친구들은 그런 주희를 부러워하기도 한다. 그런데 주

희는 언제나 우울해 한다.

  아마도 새엄마에게 정을 붙이지 못하고 어긋나는 것 같다. 만약에 내가 잘못하면 때려서라도 바로 잡아주는 것이 우리 엄마다. 무조건 다 감싸주고 용서해 주는 것이 아니다. 그렇기 때문에 혹여 엄마와 문제가 있더라도 그것은 사랑이라는 것을 알아야 한다. 주희의 경우도 물질적으로는 넘치게 받았지만 아마도 마음을 받지 못한 것 같다.

09

우리가 가면을 써야 하는 이유

세상에는 화내는 사람, 슬픈 사람, 행복한 사람, 기쁜 사람 등이 있다. 우리는 이것을 감정이라고 부른다. 이 감정들이 드러날 때 갖가지 모양의 표정이 나타난다. 그러나 사람들은 자신의 감정을 숨긴 채 또 다른 표정을 짓는다. 나는 이것을 '가면'이라고 부른다.

모든 사람들은 가면을 써야 한다. 때론 자신의 표정을 숨겨야 할 때가 오기 때문이다. 그리고 이렇게 가면을 쓰는 것은 십대들도 예외가 아니다. 자칫해서는 다른 사람들에게 상처를 주고 나에게 피해가 오기 때문에 가면을 쓴다. 우리들은 학교, 학원, 심지어 집에서까지 가면을 써서 표정, 본심을 철저하게 숨긴다. 그렇지만 이상할 것이 하나 없다. 집에서는 엄마가 생각하는 아주 착하고 예의 바르고 공부를 잘하는 공주님 혹은 왕자님이다. 하지만 학교에서 문제아 혹은 들러리다. 현재까지도 우리 십대들의 가면은 개수가 점점 늘어나고 있다. 나 역시 가면을 적지 않게 가지고 있는데, 이걸 보고 흔히 이중인격이라고 하거나 다중 인격이라고 한다. 조금 벗어난 주제인가도 싶으면서도 가면이라는 단어와 잘 어울리는 주제다.

심리학 용어로 가면을 '페르조나'라고 한다. 사람은 본래 있는 그대로 살아가기가 사실 불가능하다. 그렇다면 꼭 이렇게 내가 아닌 또 다른 나로 힘들게 살아가는 이유는 무엇일까?

우리 가족만 보아도 그렇다. 엄마는 유치원을 운영한다. 내가 어렸을 때 유치원에 가면 엄마는 이미 나의 엄마가 아니었다. 어쩌면 그렇게 아이들에게 다정다감한지 내 엄마가 아닌 것 같다. 전화 받을 때도 마찬가지다. 나에게 통명스럽던 엄마의 목소리는 상냥함 그 자체였다. 아빠 역시 마찬가지다. 나에게 훈계 일색이신 아빠는 아이들에게는 다정한 할아버지 같았다. 이렇게 우리 엄마 아빠도 가면을 쓴 채 생활을 한다. 우리 선생님 역시 마찬가지다. 학교에서 우리에게 했던 행동과는 다르게 부모님이 학교에 오면 180도로 바뀐다. 이렇게 서로 다른 모습으로 산다면 얼마나 큰 에너지가 소모될까?

나 또한 학교에서든 친구 관계에서든 나의 본 모습을 가끔씩 숨길 때가 있다. 그렇게 해야지 인정받을 것 같고 나를 함부로 대하지 않을 것 같기 때문이다. 초등학교 2학년 때 겪은 잊지 못할 이야기가 있다. 우리 담임 선생님은 나이가 50세여서 할아버지 선생님이라고 불렀다. 더군다나 학부모들도 나이 든 선생님이라 마음에 들지 않는다고 노골적으로 표현하기도 했다. 그때 나는 친구들이 할아버지 같다고 하는 것에 마음이 쓰이고 속상했다. 왜냐하면 아빠도 그때 나이가 50세였기 때문이다. 그 당시 우리 친구들의 부모님은 30~40대 초반의 나이였다. 그래서 친구들이 부모님 나이를 물어보면 나는 그 자리를 피하기 일쑤이고 부모님 나이를 솔직하게 말하지 못하고 그냥 40대 초반인 것처럼 말했다. 아마 이때가 나의 첫 번째 가면으로 기억된다. 물론 그 이전에도 그랬을 수 있지만 이때가 가장 기억에 남는다. 그때는 왜 그렇게 부모님 나이가 많은 것이 창피하고 쑥스럽고, 나만 다른 세계 사람인 것 같았는지 모르겠다.

겉으로 볼 때는 사람들이 다 잘 사는 것처럼 보인다. 나를 비롯한 내 친구들 역시 마찬가지일 것이다. 어떤 친구를 보면 부럽기도 하지만 막상 친해지면 그 속은 온갖 근심걱정으로 가득 차 있는 것을 볼 때가 많다. 그러다가 친구를 만나거나 다른 누군가를 만나면 잠시 밀어두고 아무렇지도 않은 듯 행동하기 일쑤다. 속은 말이 아닌데 얼굴 표정은 아무 일 없다는 듯 말이다. 아마도 자신에게 맞는 저마다의 가면을 쓴 탓일 것이다.

"가면은 원래 연극배우가 쓰는 탈을 가리키는 말이다. 점차 그 뜻이 확장되어 인생이라는 연극에서 각자의 역할을 맡아 살아가는 인간 개인을 가리키는 말로 쓰이게 되었다. 심리학에서는 다른 사람의 눈에 비친 외적 자아, 성격을 이렇게 부르며 영화학에서는 감독을 대변하는 인물로서의 배우를 이렇게 부른다. 가면을 쓰는 이유는 야누스의 얼굴처럼 속마음을 숨기기 위함이라고 말한다. 가면을 쓰는 데는 다 그럴 만한 사정이 있는데 자신을 보호하기 위해서, 감추기 위해서, 위협하기 위해서, 다른 존재가 되기 위해서 가면을 쓴다고 한다."

많은 사람들이 가면을 쓰는 이유는 자신의 부족하고 나약함을 가리고 싶기 때문이다. 아마도 타인이 보내는 불쾌한 시선과 비난 같은 것을 감당할 만한 자신이 없는 것 같다. 십대인 우리들은 말할 것도 없다. 강한 것처럼 보이나 나약하고, 당당한 것처럼 보이나 불안하고, 몸은 성숙했으나 마음은 미성숙하다. 그렇기 때문에 아무도 알아보지 못하는 다중 가면을 쓰고 있다. 나 또한 그렇다. 부모님께는 예쁘고 사랑스러운 가면을 선생님께는 좀 더 의젓하고 똑똑해 보이는 가면을 친구들에게는 '나는 네 편이야' 하는 가면을 쓰고 무대 위에 선다. 그러다 보니 때로는 가면을 바꾸어 쓰기도 하고 내 얼굴에 맞지 않는 가면을 쓰게 되어 전전 긍긍하기도 한다. 때로는 은밀하게 숨겨진 나의 모습을 발견하고 기뻐하기도 한다.

우리가 이렇게 가면을 바꾸어 쓰는 이유는 무엇일까? 그것은 아마 사랑받기 위해서인 것 같다. 그런데 이렇게 가면을 써야지만 사랑받을 수 있는 것일까? 그냥 나의 맨 얼굴은 사랑받을 만한 가치가 없을까? 나도 때때로 가면을 쓰고 안심하는 것을 즐기기는 하지만 그냥 나의 민낯으로 세상과 마주하고 싶다. 물론 이렇게 생각하는 내가 너무 무모한 것일 수도 있다.

사람들은 일상적인 행동에서만 자신을 속이는 게 아니다. 자신의 신념을 구축하고 내가 어떻게 살아가느냐 하는 가치관이나 세계관을 구축하는 데도 자신을 속일 수 있다. 그러니 필요 이상의 가면을 쓴다는 것은 어쩌면 거짓으로 세상을 사는 것과 같다는 생각이 든다. 이제는 스스로를 객관적으로 보도록 노력하고 더 이상 스스로를 가면 속에 가두지 말고 자신을 솔직하게 바라보도록 하자.

물론 다른 사람들의 시선을 신경 쓰지 않고 살기는 어렵다. 그러나 자신을 실제 있는 그대로의 모습으로 보지 않고 다른 사람처럼 바꾸어 산다면 정말 '나'다운 것이 무엇인지 잊을 수 있다. 가면은 세상으로부터 내 얼굴을 가려주는 신비한 존재이다. 그러나 그 신비로운 가면 덕분에 우리는 자신의 민낯을 잊어버릴 수 있다는 것을 명심하자. 히지만 나 또한 남의 시선에서 자유로울 자신이 없다. 하지만 잘하든 못하든 나는 민낯을 잊지 않도록 적어도 나답게 세상으로 뛰어들 것이다.

10

나에게는
너무나 부담스러운 엄마

　사람들은 상대방이 나에게 무언가를 바랄 때 부담감을 느낀다. 그리고 그 상대의 수가 많아질수록 혹은 그 상대가 누구인지에 따라 부담감이 두세 배로 불어나게 된다. 그렇다면 십대가 부담감을 느낄 때는 언제일까? 학교에서 조장이 되어 발표를 할 때? 사람들이 나를 보며 정답을 바랄 때? 물론 모두 맞는 말이다. 하지만 더 부담스러운 일은 내가 하지 못할 것 같은 일을 부모님이 시킬 때다.

　종종 엄마는 내가 마치 세계 최고인 것 마냥 띄어줄 때가 있다. 우리 딸이 최고라고, 못하는 게 없다며 여러 사람 앞에서 이야기할 때는 쥐구멍이라도 찾아 들어가고 싶다. 이렇게 부모님은 나를 치켜세우는 말로 나를 꼼짝 못하게 한다.

누구나 칭찬을 들으면 기분이 좋다. 그러나 내가 그 칭찬을 받을 만한 자격이 충분하지 않다고 느껴지면 그 칭찬이 마냥 좋지만은 않다. 왜냐하면 과연 내가 칭찬 받을 만한가 하면서 급하게 나의 행동을 되짚어 보기도 하고 칭찬처럼 되지 못한 나의 모습에서 초라함과 비굴함을 보기 때문이다. 그러니 부모님께서 보내주는 과분한 칭찬은 나를 더 작아지게 만들거나 반대로 내가 그런 사람인 것처럼 착각하게 만든다.

"우리 윤경이는 공부를 잘해요. 책을 많이 읽어서 그런지 주제 파악도 너무 잘한답니다. 그리고 글도 잘 써요. 중학생인데 벌써 책을 두 권이나 냈는걸요. 지금은 개인 저서를 쓰고 있어요."

엄마의 이런 말을 듣고 있으면 '엄마는 무엇보다 내가 책을 쓰고 있는 것을 원할 거야. 그러니 다른 것을 하는 것보다 책을 써야지!'라는 생각이 든다. 그래서 집에 들어오면 보란 듯이 책 쓰는 일에 열중한다. 그런데 엄마는 들어오자마자 "윤경아, 방이 이게 뭐니?"라고 큰소리를 친다. "엄마, 나 책 쓰고 있잖아."라고 조금은 당당하게 대꾸해 보지만 자꾸 엄마 눈치가 보인다. 왠지 엄마가 책 쓰는 일을 좋아하니 학원 숙제가 밀려도, 학교 성적이 조금 떨어져도 내가 훌륭한 책을 쓰기만 한다면 모든 것이 정리될 것 같기 때문이다. 물론 엄마가 나에게 보내준 칭찬은 엄마의 바람과 소망이 가득 들어 있다는 것을 안다. 엄마는 진심으로 나를 칭찬하는 것이다. 그런데 이제는 엄마의 칭찬을 거부하고 싶다. 왜냐하면 너무나 힘겹기도 하고 혹여 원하는 결과가 아닐 때는 나를 무색하게 하기 때문이다. 어느새 나도 초등학생 때처럼 어른들의 칭찬에 마냥 기뻐할 나이가 아닌 것이다. 이제 나도 나와 어울리지 않는 칭찬을 거부할 수 있다. 그러나 어디 그렇게 하기가 그리 쉽겠는가?

나도 내가 생각하는 것만큼 사랑스럽지도 똑똑하지도 않다는 것을 안다. 특히 외모도 예쁘지 않다. 내 친구들은 나를 '형'이라고 부르기도 한다. 그럼에도 불구하고 나는 낙천적인 성격이다. 그것은 아마 엄마가 나를 자존감이 높은 아이로 키웠기 때문이다. 무엇인가 조금이라도 성공했을 때 함께 기뻐해 주고, 조금 부족했을 때는 용기를 주었다. 때에 맞게 적절한 인정과 칭찬을 골고루 해 준 덕분이다. 그런데 이러한 방법이 십대인 사춘기까지 이어진다. 내가 자존감이 높은 것을 보고 친구들은 나를 부러워하기도 한다. 나도 내가 자랑스럽다. 엄마가 없다면 내가 하고 싶고 되고 싶은 것을 마음 놓고 꿈꾸지 못했을 것이다. 이렇게 나는 엄마에게 사랑스러운 아이가 되었고, 가끔은 주변 사람들의 기대에 걸 맞는 행동을 하고 있다는 행복한 착각에 빠지기도 한다.

사실 엄마가 나에게 거는 기대는 정말 높다. 그런데 엄마는 나에게 노골적으로 높은 기대치를 나타내지 않는다. 내가 꼼짝달싹 못하도록 나를 조종한다. 나는 우리 집의 늦둥이인 동시에 복덩이다. 무려 언니와 15년이나 차이가 난다. 엄마는 내가 태어나고 정말 예뻐서 밤새 얼굴을 쳐다보며 기뻐했다고 한다. 나는 어릴 때부터 남다르게 의젓했으며 언니와는 달리 보채지도 않고 예쁜 짓을 많이 했다고 했다. 초등학교 시기에도 알아서 공부도 잘했고 무엇이든지 스스로 알아서 했다. 이렇게 온 가족의 귀여움과 사랑을 독차지 하며 넘치는 사랑을 듬뿍 받았다. 엄마는 엄마대로 만족할 사랑을 나에게 주었고, 나는 그 기대에 부응하는 똑똑한 십대가 되었다. 내가 생각하기에도 나는 부모님의 넘치는 사랑 속에 자랐다. 이러한 내가 엄마가 부담스럽다, 엄마의 잔소리 때문에 힘들다는 등의 글을 쓴다는 것이 사실은 엄마에게 정말 죄송한 일이다.

세상에는 영향력 있는 사람이 많다. 그런데 내가 원하지도 않는 영향을 받는 것이 아니라 정말 내가 필요한 것을 받고 싶다. 부모님들은 자녀 입장에서 자녀가 받고 싶은 사랑이 무엇인지 잠깐이라도 생각한다면 모든 자녀는 다 부모님의 편이 될 것이다.

그런데 사춘기인 십대는 급격한 몸의 성장과 뇌의 성장 및 호르몬의 변화로 불안한 심리 상태에 놓인다. 이 때문에 부모님이 아무리 잘해 주어도 거부당하고 있다고 생각하기도 한다. 때로는 고집을 피우고 어긋나는 행동을 서슴없이 한다. 그러나 우리들이 부모님으로부터, 어른들로부터 인정받으며 사랑받고 있다고 느껴지면 십대들은 참기 힘든 것도 잘 참을 수 있다. 이것이 바로 십대다.

이제는 부모님의 시간을 우리 십대에게 나누어야 한다. 공부만 강조하는 것이 아니라 우리들의 일상적인 이야기를 말이다. 요즘 세상살이가 빠듯해서 시간이 없는 줄 알고 있지만 우리들은 부모님의 시간이 필요하다. 만약 바쁘다는 이유로 우리들에게 시간을 내주지 않는다면 우리는 자신이 사랑받지 못한다고 생각할 것이다. 아무에게도 존중받지 못한다고 생각할 수 있다. 그러니 우리의 말에 귀 기울여 달라고 말하고 싶다. 우리가 무엇을 생각하고, 아파하는지……. 진심으로 우리에게 관심을 갖고 대해 준다면 우리는 무엇이든 할 수 있다.

우리가 함께 시간을 나누고 인정받기 원하는 사람은 바로 부모님이다.

우리들도
위로받고 싶다

십대가 진짜 속마음으로
생각하는 거는

01

엄마, 아빠의 따뜻한
말 한마디를 원해요

1학기 기말고사였다. 시험을 이렇게까지 망칠 수 있을까 싶을
정도로 형편없었다. 며칠 전에 선생님이 짚어준 문제임에도 불구
하고 틀린 문제가 한둘이 아니었다. 성적표를 받는 순간 오늘은
각오하고 집에 들어가야 한다는 것을 직감했다. 매도 먼저 맞는
편이 낫겠지 하며 아빠한테 전화를 걸어서 시험 성적을 말했다.
눈을 질끈 감고 꾸중이 오기를 기다리고만 있었는데, 돌아오는
것은 꾸중이 아니라 격려의 말이었다. 엄마도 역시 마찬가지였다.

우리가 성장하는 시기에는 많은 일들이 일어난다. 때로는 탄성
이 나올 만큼 멋진 일이 일어나는가 하면 생각도 못한 어려운 일
이 일어날 수도 있다. 마치 산 정상으로 올라가기 위해 거치는 돌

길과 험한 오르막처럼 마냥 쉽지만은 않다는 것이다. 나는 정상까지 오르기 위해 필요한 것이 바로 부모님의 따뜻한 말 한마디라는 것을 깨달았다.

나는 기말고사 이후 부모님의 격려를 받으며 다음 시험에는 더욱 나은 점수를 받을 수 있도록 노력했다. 형편없는 시험 결과를 다음 시험으로 만회하려던 것이었다. 그러나 2학기는 자유학기제라 시험이 없었다. 나는 내심 다행이라고 생각했다. 부모님의 격려와 응원을 받은 것은 사실이지만 더 잘할 수 있으리란 보장은 없었기 때문이다. 나는 다음에도 내가 부모님의 응원을 들을 수 있을지가 걱정이 되었다. 실패하는 것보다 실패로 인한 주변 사람들의 시선이 더 무서웠다. 이와 비슷하게 십대들이 많은 성장 과정을 거치면서 일어나는 일들이 수두룩한데, 그중 거의 대부분이 성공을 위한 실패인 것 같다. 많은 것을 시도해 보는 나이이기도 하지만 그만큼 또 많은 실패를 하는 때이다. 말로는 실패를 가뿐히 이길 수 있다고 하지만 막상 실패의 그림자가 서서히 들어날 때는 낙심하고 좌절한다. 누군가 육체적인 고통보다 심리적인 고통이 더 크다고 말했다. 그때 주변 사람들의 따뜻한 말 한

마디는 큰 힘이 된다. 더 구체적으로 말하면 응원인 셈이다. 그 응원을 부모님이 해준다면 정말 힘이 솟을 것이다.

누구나 힘이 들면 다른 사람들에게 기대기 쉽다. 이렇듯 십대들도 힘이 들면 부모님에게 기대기 마련이다. 처음 실패를 겪어본 십대라면 더욱 필요한 말이 "괜찮아, 잘할 수 있잖아.", "넌 할 수 있어.", "다음에 또 하면 되지."라는 말이다. 이러한 말들이 얼마나 큰 힘이 되는지 겪어본 사람은 안다. 그러나 최근 부모님과 우리의 사이는 낙심을 하면 위로를 해주기 전에 독설을 하고, 실패를 했을 때는 응원보다 비교하기 일쑤이다. 그럴수록 십대는 한없이 작아지고, 힘이 빠진다. "아직도 그걸 못해?", "세상에, 옆집에 누구는 그걸 한 번에 끝냈다던데.", "동생만도 못하네.", "형은 손쉽게 하던데." 등을 들으면 속이 상한다. 우리들은 그런 가시 같은 말보다는 케이크 같이 부드러운 말이 좋다.

하루는 친구가 머리를 부여잡으며 말했다.

"아 망했어."

"왜?"

"시험 말이야……."

"힘내."

"오늘 엄청 혼날 거야."

"아닐 수도 있어."

"분명 혼날 거야."

"너 공부 열심히 했잖아."

"했긴 했는데 망했어."

"그러면 안 혼나지 않을까?"

"중간고사 때도 엄청 혼났는데."

친구는 열심히 했지만 좋지 않은 결과에 낙심했다. 모든 부모님이 우리 엄마, 아빠처럼 격려를 해주진 않는다. 시험을 망쳤을 때, 이런 친구들은 한둘이 아니다. 다음 날 친구는 초췌해진 얼굴로 나타났다. 아마 혼이 많이 났던 것 같다. 친구의 말을 들어보니 오늘 아침에도 시험에 대한 잔소리를 한 번 더 듣고 왔다고 했다. 일단 친구에게 위로를 해주고 집에 돌아왔다. 그 친구에게 필요한 말은 무엇이었을까? 아마 "괜찮아."라는 말이었을 것이다.

친구들에게 부모님께 가장 듣고 싶은 말이 무엇이냐고 물어본 일이 있다. 그걸 왜 물어보냐 하는 대답도 있었고 이상하다는 듯

쳐다보는 친구도 있었다. 또 "사랑한다."라는 말이 듣고 싶다고 했던 친구도 있었다. 그리고 "수고했어."라는 말과 "태어나줘서 고맙다."라고 대답했던 친구도 있었다.

여기서 범위를 조금 더 좁혀 보기로 했다. 내가 무언가를 잘못했을 때 부모님으로부터 가장 듣고 싶은 말은 무엇이냐고 물었다. 역시 장난이라고 생각하는 친구들도 있었다. 솔직히 조금 이상하게 보였을 것은 알고 있긴 했지만 이왕 시작했으면 끝을 봐야 한다는 생각이 들었다. 가장 많은 대답은 "괜찮아."였다.

십대들은 누군가로부터 "괜찮다."라는 말을 듣고 싶어 하고 그 대상이 바로 부모님이기를 바란다. 부모님의 머릿속에는 언제나 우리 생각으로 가득 차 있다. 우리가 부모님의 꿈이고, 희망이다. 하지만 십대들은 지친다. 공부뿐만 아니라 진로, 친구 관계 등 전체적으로 지친다. 아직 어른들이 보기에 진짜 힘든 것은 시작도 안 했다고 할 수 있지만 우리 나이에 어려움을 이기기란 생각처럼 쉽지 않다. 그래서 우리는 따뜻한 말을 듣기 원한다. 응원받고 싶고, 칭찬받고 싶다. 하지만 요즘에는 그렇지 않은 것 같다. 많은 사람들이 차가운 말을 함부로 내뱉고 있다.

"너 그것도 못해?"

"네가 할 수 있을 것 같아?"

"네가?"

한 번쯤은 들어봤을 말이다. 십대들의 자존감을 바닥까지 떨어뜨리는 말이다. 하지만 요즘은 이런 말을 주고받는 것이 일상이 되고 말았다. 참 안타까운 현실이다. 서로를 격려하고 살아도 부족한 시간인데 서로를 깎아내리는 말만 하고 있다.

어른들이 응원을 받으면 힘이 나듯 십대들도 응원을 받으면 힘이 난다. 부모님이 괜찮다고 말해주면 정말 괜찮은 것 같고 할 수 있다고 하면 정말 잘할 수 있을 것 같다. 부모님뿐만 아니라 친구, 선생님 등 많은 사람들의 응원 속에서 무언가를 해낼 수 있다는 것이 행복하다. 언제나 우리들은 새로운 것을 요구하고 똑같은 것을 반복하고 실패하고 또 성공한다. 이 과정에서 우리들은 비아냥거리는 눈초리를 받기도 하고 비웃는 말들을 듣기도 하지만, 따뜻한 말 한마디를 기다리고 있다. 나는 우리 십대들이 따뜻한 응원을 받았으면 좋겠다.

상처는 나아도 흉터가 남는다

마음속 상처 하나 없이 사는 사람이 있을까? 누구나 크고 작은 상처를 안고 살아간다. 이러한 상처들은 많은 사람을 만나고 생활하면서 생기기도 한다. 어떤 사람은 부모님의 사랑을 제대로 받지 못해서 생기기도 하고, 어떤 사람은 친구 때문에 생기기도 한다. 또 어떤 사람은 돈이 너무 많아서, 반대로 돈이 너무 없어서 등 여러 가지 모양으로 상처를 받는다.

우리 십대들도 마찬가지다. 우리들에게 거는 부모님의 기대에 미치지 못하는 성적, 나를 향한 선생님들의 시선, 친구들과의 경쟁 등 스스로 인정받지 못했을 때 상처는 마음속에 자리 잡는다. 상처는 반항하므로 나타나기도 하고 마음의 문을 닫아버리는 것으로 나타나기도 한다. 이럴 때 어른들은 "네가 뭐가 부족해서 그러니?", "내가 너를 얼마나 사랑하는데 도대체 왜 그러는지 모르겠다."라고 말한다. 그러나 우리는 어른들이 내뱉는 말에 마음이 아프다. 그리고 외롭다.

"야, 깔창!"
"너도, 깔창!
"음, 하하, 우리가 깔창 인생이 되어주마."

친구들의 농담 같은 이 말에 교실은 한바탕 웃음바다가 되었다. 그런데 책상에 엎드려 소리 없이 우는 친구도 있었다. 열심히 공부했는데 성적이 잘 나오지 않은 것이다. 우리 반에도 '깔창'인 아이들이 대부분이라고 볼 수 있다. 어느 학교에나 존재하는 친구들이다. '깔창'은 다른 친구들의 성적을 밑에서 깔아주는 친구들을 일컫는다. 우스갯소리로 우리들끼리 "야, 내가 너의 깔창이 되어주마!", "너도 깔창이냐?"라며 말하지만 정작 깔창이 된 친구는 마음이 아프다. 더군다나 친구들 앞에서 공개적으로 던진 선생님의 조롱 섞인 말 한 마디는 우리들 마음에 비수 같이 꽂혀서 큰 상처로 남는다.

　우리도 성적을 잘 받고 싶다. 그러나 어른들은 인생은 성적순이 아니라면서 왜 자꾸 성적으로 우리를 판단하고 구분하는지 모르겠다. 성적이 곧 '나'인 것처럼 느껴진다. 그러면 성적이 나쁜 '나'는 스스로 아무 쓸데없는 존재가 된 것 같아 주눅이 들어 버리고 좌절감에 허우적거린다.

　내 친구 민경이는 지은이를 무척 좋아한다. 지은이가 다른 친구와 이야기라도 하면 금세 얼굴이 붉으락푸르락하면서 그 사이에 끼어들어 훼방을 놓기도 한다. 민경이의 친구 사랑은 집착 수준인 것 같다. 그런 민경이를 지은이는 너무 부담스러워한다. 도대체 민경이는 왜 그러는 걸까? 민경이는 지은이에게 학생으로서는 과한 선물을 보내기도 하고 구구절절한 편지를 보내기도 한다. 나 역시 민경이가 이해가 되지 않는다. 그런데 조금만 더 생각해 보면 민경이에게는 아무도 모르는 마음의 상처가 있는 것 같다. 그렇기 때문에 친구에 집착하는 것이 아닐까?

　물론 우리 십대에게는 부모보다 친구가 우선이다. 이렇게 말하면 부모님들은 서운해 하겠지만 우리는 친구 때문에 웃기도 하고 울기도 한다. 친구에게 줄 생일 편지를 쓰느라 밤을 새우기도 하고 이번 달 용돈을 다 털어 선물을 사기도 한다. 더욱이 친구와의 약속은 목숨처럼 꼭 지켜야만 하는 불문율이다. 그만큼 우리 십대에게는 친구가 무엇보다도 소중하다. 그러니 부모님들은 우리의 모습이 이해가 되지 않는다고 나무라지만 않았으면 좋겠다. 친구는 곧 '나'이기 때문이다. 민경이 또한 친구를 통해서 자기 자신을 드러내고 싶었을 것이다. 혼자서는 자신 없고 쑥스러우니까…….

나는 작은 일에 실수하는 것에 예민하고 그것을 혼자서 삭이는 편이다. 남들은 잘한다고 이야기하지만 내 마음속 깊은 곳에서는 계속 내 마음끼리 싸울 때가 많다.

'야, 그 정도는 괜찮아, 아무도 몰라.'

나는 실수가 용납이 되지 않는다. 친구들에게는 나도 "그까짓 것쯤이야."라고 말을 하면서 정작 나 자신에게는 그렇게 되지 않는다. 아마도 어릴 때부터 부모님이 칭찬을 많이 해주신 덕분인 것 같다. 그래서 무엇이든지 더 잘하려고 하고 실수하지 않으려고 꾸준히 노력했다. 이젠 이런 마음속 전쟁에서 해방되고 싶다. 최근 어느 책에서 이런 글귀를 보았다.

"실수할 것이 두려워 아무것도 하지 않는 것은 바보 같은 짓이다."

이렇게 실수를 두려워해서야 아무것도 할 수 없다는 생각이 든다. 얼마 전 반장 선거 때의 일이다. 내 마음속에는 회장 선거에 나가 볼까 하는 마음이 굴뚝 같았다. 그런데 아직 용기가 나지 않았다. 그래서 내가 머뭇거리는 사이 회장 선거가 훌쩍 지나갔다. 이제 남은 것은 부회장 선거다. 갑자기 내 마음속에서 소리가 들려왔다.

'윤경아, 용기 내봐!'

나도 모르는 사이에 손을 번쩍 들었다. 용기가 생긴 것이다. 마음속에서는 용기가 용암처럼 끓어올랐다. 두근두근하며 설레기까지 했다. 드디어 부회장이 되면 어떻게 할 것인지 소견을 발표하는 시간이 되었다. 또 한 번의 용기가 필요했다. 드디어 내 차례가 다가왔다.

"제가 부회장이 된다면, 이 튼튼한 팔 보이시죠? 튼튼한 팔과 튼튼한 다리로 우리 반의 어려운 일을 도맡아 하겠으니 여러분 저를 뽑아 주십시오."라고 또박또박 말했다. 어디서 그런 힘이 나왔는지 나도 모르겠다. 나는 뚱뚱한 내 몸매 때문에 매사 자신이 좀 없었다. 그런데 그런 나의 콤플렉스를 빗대어 친구들에게 이야기했더니 공감이 많이 되었던 모양이다. 드디어 나는 우리 학급의 부회장이 되는 역사적인 순간을 맞이했다. 그 뒤부터 나는 모든 일에 자신감이 생겼고 불안하거나 두렵지 않았다. 지금도 충실히 우리 반을 위해 형처럼 솔선수범하고 있다. 나는 여자이지만 우리 반에서는 형으로 통한다. 그때 실수할 것이 두려워 도전하지 않았다면 계속해서 용기 없는 아이로 남았을 것이다. 그러고 보니 내 안의 상처들은 누군가가 치료해 주는 것이 아니다. 나 스스로 치료하는 것이다. 그 치료제는 바로 '치료해야지!'라고 마음먹는 것이다. 그러니 부모님을 탓하거나 남이 치료해 주기를 바라는 건 어리석은 것이다. 내가 스스로 상처를 치료했을 때 흉터가 남더라도 그것쯤은 "괜찮아."라고 말할 수 있다.

십대의 시기는 다른 어느 시기보다 상처를 잘 받는 때이다. 초등학생 때까지는 부모님의 말을 얌전하게 잘 들었지만 사춘기가 되면서부터는 부모님의 꾸중이나 훈계를 듣기는커녕 따지듯 대들기도 한다. 그때 갑자기 변해 버린 우리를 보고 부모님은 내 아이 같지 않다고 하면서 낯설다고 말한다. 그러나 우리에게 부모님도 낯설기는 마찬가지다.

사춘기 자녀를 이해할 수 없는 부모와 그런 부모에게 점점 불만이 쌓여가는 자녀 사이에는 매일이 전쟁이다. 그러다가 지치고, 서로를 포기했다가 다시 상담 모드로 들어간다. 그때 또 우리들은 학습된 무기력으로 중무장한다. 이렇게 십대와 부모 사이의 의사소통은 삐걱거리고 서로에게 흉터가 된다. 그렇게 되면 부모님과 우리에게도 가슴 아픈 일이다.

'아프고 나서야 성숙해진다'라는 말이 있다. 어린아이들도 아프고 나면 한 뼘씩 쑥 컸다고 한다. 우리 엄마는 아프고 났더니 한 뼘 더 늙었다고 투덜거리기도 하지만 십대에게 아픈 만큼 성숙해진다는 것은 맞는 말 같다. 십대도 많은 고민으로 자유롭지 못하다. 아무것도 아닌 사소한 것을 고민하기도 하고, 상처를 받아 아프다고 끙끙대기도 한다.

십대들은 지금 몹시 아프다. 이렇게 아프고 상처 난 채로 살아간다면 우리는 중병에 걸릴 수도 있다. 그러니 어른들은 이제 우리들의 상처가 더 깊어지지 않도록 관심을 가져 주었으면 좋겠다. 우리들의 말에 더 귀 기울여 주고, 기다려 준다면 우리는 늘 힘이 나서 상처도 스스로 치유할 것이다.

내가 정말 원하는 것

십대는 경쟁을 하듯 공부에 빠져 살고 있다. 그러다 보니 자신이 좋아하는 것이 무엇인지도 모른 채 살아간다. 우리는 어른들이 만들어 놓은 경쟁 속에서 자신을 괴롭히며 더 좋은 스펙을 쌓기 위해 고군분투하고 있다. 그러다 보니 미래를 위해 꿈을 꾼다는 것은 사치스럽다. 왜냐하면 바로 내일 또 시험이 있기 때문이다.

나도 작가가 꿈이라고 하지만 어느 때는 내가 무엇을 원하고 있고 어떻게 살아야 할지 모를 때가 있다. 지금 하고 있는 것이 잘하고 있는 것인지 고민이 될 때도 있다. 어른들은 우리가 마냥 철이 없어 보일 수 있지만 우리도 인생에 대해 고민을 한다. 단지 많은 시간을 활용하지 못할 뿐이다. 요즘은 학교에서도 자유학기제로 인하여 우리들의 숨통이 트이는 것 같지만 사실 전혀 그렇지 않다. 겉으로 보기에만 그럴 뿐이다.

자유학기제의 본래 목표는 학교와 시험에서 벗어나 다양한 체험활동과 자율적인 선택으로 십대의 꿈과 끼를 찾아주는 것이다. 그런데 그 시간에 우리는 오히려 학원으로 내몰리고 있다. 내가 생각하기에는 우리보다 바쁜 부모님에게 자유학기제가 더 필요해 보인다. 이제는 부모님들도 우리의 뒷바라지로부터 해방이 되었으면 좋겠다.

우리에겐 인생의 항로를 스스로 결정할 수 있는 충분한 시간이 필요하다. 어른들이 십대의 잠재된 능력을 믿어주고 자율성을 인정해 준다면 우리는 그만큼 잘 자랄 수 있을 것이다.

내 친구 재경이는 그림을 잘 그린다. 그래서 재경이는 사람들에게 앞으로 화가가 될 것이라고 이야기한다. 그런데 재경이의 꿈은 화가가 아니고 네일 아티스트다. 그래서 매주 토요일이면 엄마가 하는 네일아트 샵에서 아르바이트 아닌 아르바이트를 하고 있다.

재경이의 엄마는 재경이가 네일아트를 하고 싶다는 말에 처음에는 반대했지만 재경이가 좋아하는 모습에 얼마간 기회를 주었다. 그런데 재경이가 엄마보다도 더 그림을 잘 그리는 것을 보고 엄마는 재경이의 꿈이 이루어질 수 있도록 적극적으로 도와주고 있다.

재경이는 자신이 하고 싶은 일을 하고 있어서일까? 고되고 힘든 학원 수업도 정말 열심히 잘 듣는다. 재경이는 앞으로 세계적인 네일 아티스트가 될 것이다. 이렇게 재경이처럼 자기가 하고 싶은 것에 대해 분명한 목표가 있으면 그 목표를 위하여 필요한 것들을 준비하고 배우는 것을 게을리 하지 않고 더 열심히 한다.

앞으로 세상은 빠른 속도로 바뀔 것이다. 미래학자들은 현재 우리가 알고 있는 직업의 90% 이상이 다 사라질 것이라고 예언했다. 급변하는 시간의 흐름 속에서 십대는 그 변화를 인지하지 못하고 계속 공부만 하고 있다. 우리들의 꿈이 무엇인지, 내가 정말 좋아하는 것이 무엇인지도 모른 채 말이다. 나 또한 한때 통역사가 꿈이라서 영어 공부를 열심히 했다. 그런데 앞으로는 통역기가 나오기 때문에 통역사가 되는 꿈을 접었다. 그렇지만 외국어 공부는 접지 않았다. 왜냐하면 나에게는 여행 작가라는 또 다른 꿈이 있기 때문이다. 그래서 방학에는 독일어, 프랑스어도 해볼 생각이고 다양한 문화 공부도 할 것이다. 왜냐하면 내가 좋아하고 되고 싶은 것이 수없이 많으니 지금부터 준비하는 것이다.

십대에게는 자신이 살아갈 미래에 대해서 자유롭게 생각하고 상상할 수 있는 시간이 절실히 필요하다. 그래야만 일상적인 생활에서 겪는 크고 작은 갈림길에서 스스로 선택도 해보고 결정도 할 수 있기 때문이다. 자신의 일을 결정해 본 사람만이 미래를 구체적으로 꿈꿀 수 있다.

내가 원하는 것은 수없이 많다. 작게는 핸드폰을 새것으로 구입하거나 예쁜 운동화를 사는 것이다. 그리고 다이어트를 해서 10kg 정도 살을 빼는 것이다. 크게는 나의 꿈을 이루는 것이고, 공부를 잘하는 것이다. 그리고 많은 사람들로부터 사랑받고, 인정받는 것이다.

나는 가끔 학원을 마치고 이모 집으로 향한다. 특히 이모부는 정말 재미있다. 개그맨 같이 나를 웃게 만든다. 자녀들과도 개구쟁이처럼 지낸다. 언니와 동생도 아빠를 친구처럼 대한다. 함께 뒹굴며 깔깔거리는 모습이 정말 부럽다. 아마 우리 집 같으면 아빠가 조용히 하라고 했을 것이다. 우리 집과는 사뭇 다른 모습이다. 언니는 공부가 조금 부족하지만 유쾌하다. 많은 사람들을 기분 좋게 하는 마법이 있는 듯하다. 옷 입는 센스도 있고 무엇을 입어도 예쁘게 보여서 마냥 부럽다. 공부는 내가 더 잘하지만 나는 언니 옆에만 있으면 왜 그렇게 작아지는지 모르겠다. 언니가 입는 옷은 다 예뻐 보이고 신발, 가방도 모두 예쁘다. 나는 언니처럼 하지 못해서 속상하다. 나도 거침없이 맑은 성격이고 싶다. 남에게 잘 보이려고 속 끓이지도 않고 애쓰지도 않는, 내 모습 그대로 투명하게 살고 싶다.

어른들은 내가 무엇이든지 잘한다고 한다. 나도 윤경이처럼 똑똑한 딸이 있었으면 좋겠다고 하는데 나는 아마 어른들이 좋아하는 스타일인 것 같다. 어른들한테 인기 있는 것이 아니라 친구들 사이에서 인기가 많았으면 좋겠다.

나도 엄마 아빠와 재미있는 시간을 같이 보내고 싶다. 그렇다고 우리 가족이 행복하지 않은 것은 아니지만 부모님이 바빠서 얼굴을 마주보고 식사할 시간이 없다. 그러니 우리 가족이 오랜만에 밥을 같이 먹게 되면 서로 서먹서먹해서 어색하기 짝이 없다. 이야기가 겉돌기만 할뿐 어느새 부모님은 선생님이 된다. 그래서 나는 내 속마음을 이야기하지 못한다.

내가 진정 원하는 것은 그저 부모님과 함께 평범한 일상을 주고받으며 웃는 것이다. 내가 원하는 것이 너무 소박할지 몰라도 십대에게는 우리들의 이야기를 들어주고 손잡아 주는 부모님이 필요하다. 우리는 부모님의 사랑을 듬뿍 받고 있을 때, 부모님이 내 편이라고 느낄 때 마음이 놓이고 꿈도 꿀 수 있다.

행복한 가정에서 부모님과 친구처럼 지내고 있는 아이들을 보면 뭔가 다르다. 매사에 자신감이 넘치고 자존감도 높다. 그러니 학교생활도 잘할 수밖에 없고, 친구들에게도 인기가 많다. 더군다나 공부도 잘한다. 결핍이 없는 것 같이 느껴진다. 그런 친구들을 보면 나도 정말 부럽다. 이제부터는 꼭 가족끼리 시간을 내어 식사를 함께 해야겠다.

04

힐링이 필요해

요즘은 많은 사람들이 자신의 트라우마를 치료해 주는 힐링 프로그램을 찾는다. 이 프로그램은 정신적으로 힘든 문제들을 공감해 주고, 위로해 주며 응원해 준다. 그런 힐링이 십대에게도 필요하다.

십대들도 많은 고민거리와 걱정거리가 있다. 고민과 생각은 시간 낭비라고 말하는 사람도 있지만, 어쩔 수 없이 하게 되는 것 같다. 우리들의 문제들 중 가장 대표적인 문제를 꼽으라면 두말할 것도 없이 '공부, 친구, 진로'다. 하나가 해결되면 또 하나가 생긴다.

친구들과 개인 동아리를 하기로 했다. 독서에 관한 동아리였는데 소설을 쓰기도 하고 독서기록문을 써 보는 것이다. 또 이달의 책을 선정해서 그 책을 두고 토론을 벌이기도 한다. 모인 친구들은 모두 독서나 글쓰기에 관심이 있었다.

우리는 동아리 이름을 'U-story'로 정했고, 틀이 갖춰져 나가자 모두들 즐거워했다. 하지만 이 동아리는 며칠 만에 문을 닫았고 어느새 우리의 기억에서 잊혀졌다. 나에게는 'U-story'가 탈출구같이 느껴졌었기에 약간 아쉽기도 했지만 다시 시작하기에는 우리 모두 바빴다.

사람들은 다양한 방법으로 자신의 상처를 치유한다. 다른 사람에게 위로를 받으며 마음을 다독이는 사람도 있고, 반대로 스스로 자신의 마음을 치료할 줄 아는 법을 터득한 사람도 있다. 나는 주로 친구와의 대화를 통해 마음을 안정시킨다. 내 친구 중에 프로그래머를 꿈꾸는 친구가 있다.

"그거 뭐야?"

"아, 이거 내가 아빠랑 만든 새로운 오목이야."

"우아, 나도 알려줘. 어떻게 하는 거야?"

"일단 3가지 색이 있어. 파란색은 노란색, 노란색은 빨강색, 빨강색은 파랑색으로만 바꿀 수 있는데 같은 색깔을 5개 먼저 놓는 사람이 이기는 거야."

"뭐야, 어려워. 근데 잘 만들었다."

"아빠랑 만들었어. 일단 도마에 그려서 색깔은 LED 조명으로 했고. 쇠구슬 올려놓으면 색이 나."

"색은 어떻게 바꾸는데?"

"그건 말이지……."

우리는 한동안 그 새로운 오목을 가지고 게임을 했다.

"야 근데 이거 쇠구슬 너무 가벼워서 빛이 잘 안 난다. 차라리 자석이 나을 것 같은데?"

"그거 좋은데!"

친구와 나는 오목을 두다 발견한 문제가 있으면 이 문제에 대해 이야기를 나누고 개선할 부분을 찾았다. 내가 모르는 것은 친구가 알려주며 어느새 새로운 지식을 접할 수 있었다. 비록 쉬는 시간 십분 동안이었지만 말이다. 이 시간이 나에게는 정신이 맑아지는 시간이었다. 이상할 수도 있겠지만 사람마다 힘이 나는 방법은 모두 다르다.

요즘은 시간에 쫓기며 사는 세상이다. 그러한 현실에 십대도 예외는 없다. 십대들은 대부분 노는 것으로 싫은 마음을 없앤다. 하지만 놀기도 쉽지 않다.

"우리 언제 한번 놀자."

"그래. 언제?"

"다다다음주 토요일?"

"다음 주는 안 돼? 왜 하필 다다다음주야?"

"그때까지 시간이 없어."

"나도 그때 어디 가는데. 다다음주는 안 돼?"

"그때는 학원 가."

"아니 그러면 대체 언제 놀자는 거야."

"몰라. 시간 될 때 놀지 뭐."

"시간이 대체 언제 나는데?"

"언젠가 나겠지."

친구들과 보통 나누는 대화이다. 요즘에는 친구들이 바빠서 놀 시간이 없다. 부모님은 이렇게 논다는 것이 사치라고도 생각하는 것 같기도 하지만 말이다. 우리들은 아직 더 놀고 싶은데 그럴 수가 없다. 일단 시간이 나야 놀 수 있지 않을까? 그리고 친구들과 놀 시간은 더 촉박하다.

"이번 방학에 언제 놀지?"

"방학? 아 맞아."

"Y는 언제 방학이래?"

"벌써 했을 걸."

"우리는 1월 8일이잖아."

"맞아. 그런데 다른 학교는 더 늦게 한다는 것 같기도 해."

"그럼 언제 놀아?"

"방학식 하는 주에는 놀 수 있지만 주말엔 안 돼."

"왜? 학원 가?"

"응."

"그럼 다른 주는?"

"다른 주는 다른 친구들이 안 되지 않아?"

"아 맞다."

"그럼 언제 놀아?"

"음, 2월 달에?"

"그때는 다 할머니 댁에 갈 걸. 설날이잖아."

"와, 진짜 답 없네. 그럼 언제 놀아?"

"그러게. 힘들어 죽겠다."

"우리 진짜 힘들게 사는 것 같다."

"인정!"

십대들에게 힐링은 노는 것이다. 정신적, 육체적으로 지친 상
태에서 무언가 감동적이고 즐거운 일이 생길 때 우리는 재충전이
된다. 부모님이 때로는 속아 주기도 하고, 마냥 기다려줄 수도 있
다면 우리들도 성숙한 시간을 보낼 수 있지 않을까?

십대가 진짜 속마음으로 생각하는 것들

05

십대도 화나고 아프다

나의 사춘기는 5학년 무렵에 찾아왔다. 그때 나는 초경을 시작했고 몸도 마음도 급격한 변화를 겪었다. 가끔은 우울했다가 또 소리치고 싶다가 매사가 짜증만 났다.

어느 날 학교에서 운동장을 걸어갈 때의 일이다. 내 눈에 휴지가 들어왔다. 누군가 일부러 버린 것인지 아닌지는 모르겠지만 고민이 되었다. 그냥 주우면 될 것을 왜, 주울까 말까 망설이고 있는 것인지 나 자신이 정말 싫었다. 왜 이런 것을 가지고 고민하는지 화가 났다. 나는 호기심이 발동해서 지나가는 사람들이 휴지를 줍는지 그냥 지나치는지 관찰하기 시작했다.

10분 정도가 흘러도 떨어진 휴지를 줍는 사람이 아무도 없었다. 내가 만약 휴지를 줍지 않고 그냥 간다면 교장선생님께서 그런 모습을 보고 "정윤경, 휴지 주워라."라고 야단을 칠 것 같았다. 결국 용기를 내어 휴지를 주워서 가방에 넣어 왔다. 이날 있었던 일을 엄마에게 이야기했더니 엄마는 "당연히 운동장에 휴지가 떨어져 있으면 주워야지 그걸 무슨 고민이라고 하는 거야."라고 하며 대수롭지 않게 말했다. 그런데 나는 왜 그렇게 신경이 쓰이는지 모르겠다.

친구들의 대화를 듣고 있으면 처음부터 끝까지 욕이다. 아마 어른들은 깜짝 놀랄 것이다. 그런데 나도 친구들끼리 대화할 때 왜 꼭 욕을 해야 하는 것인지 이해할 수가 없다. 나는 그런 친구들을 혐오했고 급기야는 피하기도 했다. 그래서 나는 스스로 왕따가 되었다. 이러한 나의 행동을 눈치를 챈 담임선생님은 나를 불러서 상담을 했다. 나는 선생님에게 욕을 하며 이야기하는 친구들을 이해할 수 없다고 말했다. 선생님은 그래도 친구들과 사이좋게 지내야 한다며 친구의 중요성에 대해 조언해 주었다.

나는 이것뿐만이 아니었다. 책을 읽으면 책에 등장한 인물들이 나를 공격할 것 같은 증세가 병적인 상태로까지 악화되었다.

어떤 때는 모든 불안이 나를 덮쳐 낭떠러지로 떨어질 것 같아 엄마를 붙들고 울기도 했으며 급기야는 학교도 가지 않겠다고 엄마 가슴에 머리를 파묻고 울었다. 학교에 가면 친구들이 나를 피하는 것 같고 친구와 말도 통하지 않고 나만 외톨이가 된 기분이 들었다.

이러한 증상은 나아질 기미가 보이지 않았다. 엄마와 우리 가족은 당황한 기색이 역력했다. 아무리 사춘기라고 하지만 나의 행동은 사춘기 이상의 행동인 것이었기 때문이다. 그때 우리 엄마는 여기저기 병원도 알아본 것 같다.

그런데 그 시간은 항상 바쁘기만 했던 엄마를 내 곁으로 오게 하는 아주 특별한 사건이었다. 이때 엄마의 안테나는 모두 나를 향해 있었고 그동안 함께하지 못했던 엄마의 시간을 나에게 전부 다 주신 듯했다. 나는 매일 우는 것이 다반사였고, 그때마다 엄마는 "괜찮아, 괜찮아."라며 나를 다독여 주었다. 이러한 시간을 한두 달 거치고 나서야 학교생활도 적응을 했고 마음도 안정이 되었다. 그때는 내가 왜 그랬는지 나도 모르겠다. 지금 생각해도 이해할 수가 없다. 나는 남들에 비해 사춘기를 심하게 앓았다. 그 이후에 내가 겪는 문제들은 더 이상 문제로 보이지 않았다. 아마 사춘기의 시작을 너무 호되게 보내서 그때 몸도 마음도 성숙해진 것 같다.

현재 나는 사춘기를 대변하는 십대다. 그것도 중2 병이라고 소문이 날 정도로 최고 정점에 있다. 어른들은 중학교 2학년을 불치병에 걸린 시기라고 말한다. 그래서 농담으로 "우리 아이는 병에 걸렸잖아, 불치병." 하며 중2를 사춘기의 특별한 시기라고 결정을 내린다. 아마 잠정적으로 어쩔 수 없는 시기이니 이해한다고 말하는 것 같다. 물론 그럴 수도 있다. 그만큼 우리 십대들에게는 열병처럼 아프고 힘든 시기이기 때문일 것이다.

그러나 그 열병과도 같은 중2 병도 우리 스스로의 방법으로 치유하고 회복될 것이다. 아니, 용감하게 사춘기 병과 싸울 것이다. 어떤 친구는 느리게, 어떤 친구는 빠르게, 어떤 친구는 상처가 더 깊어지기도 하겠지만 각자마다 치유되고 회복되는 시간은 달라도 분명 회복된다는 확신이 있다. 왜냐하면 우리는 치열하게 사춘기 병과 싸울 테니까! 우리를 불치병으로부터 빨리 낫게 하려고 부모님께서 이 약, 저 약을 아무렇게나 처방하지만 않는다면 말이다.

"윤경아, 학생의 기본은 무엇이라고 생각해?"

"그야……."

"핸드폰 좀 그만해라, 시간만 있으면 머리 숙이고 핸드폰만 들여다보니 원, 언제 공부한다는 거야, 도대체!"

"네."

엄마가 이런 말을 할 때는 아무 말도 하고 싶지 않다. 그냥 건성으로 대답할 뿐이다. 사실 나는 핸드폰을 통해서 글도 쓰고, 영어 발음도 공부한다. 아마 엄마는 내가 핸드폰을 들고 있으면 게임만 한다고 생각하는 것 같다.

부모님들은 이러한 우리들의 모습을 이해해 주었으면 좋겠다. 우리들이 놀기만 하는 것이 아니라 서로 여러 가지 정보를 공유하면서 세상과 소통하고 있는 것이다. 친구와 소통한다고 이야기하면 부모님은 "엄마하고도 소통을 못하는데 무슨 세상과 소통을 한다고 그러니!"라며 당장 화부터 낼 것이다. 부모님도 우리도 사실 서로 소통하는 방법을 모르고 있다. 서로 자기의 생각들만 주장하기 바쁘다. 그러다 보니 목소리가 커지고 부모님과의 관계는 깨지기 일쑤이다.

우리에게 사춘기가 시작되면 동시에 부모님들도 힘들어진다. 그렇기 때문에 부모님은 가장 쉬운 방법으로 자신들이 만들어 놓은 기준과 틀에 우리를 맞추려고 한다. 그러면 우리는 그 틀 안에 갇히지 않으려고 줄다리기를 한다. 어느 한쪽이 양보하면 될 것을 서로 팽팽하게 잡아당긴다. 그러다 보면 줄이 끊어지기도 한다. 어른들은 무조건 우리가 양보해야 한다고 한다. 우리보다 더 많이 산 어른들의 방법이 맞다는 것이다. 그러면서 우리들을 윽박지르고 제압하려고 한다. 우리가 하는 반항은 이유 없는 반항이 아니다.

어른들에게 사춘기인 우리는 아무것도 생각하지 않고 마음대로 행동하는 것 같지만 사실 그렇지 않다. 세상을 두려워하기도 하고 외톨이가 된 것 같아 외롭고 불안하기도 하다. 가끔씩은 감정이 복받치기도 하고 이성을 잃고 욱하는 감정이 폭발하기도 한다.

우리들 역시 미친 듯이 화가 나고 힘들 때가 있다. 이러한 질풍의 시기에 꼭 필요한 것은 다름 아닌 부모님의 사랑이다. 우리들 곁에서 아무런 조건 없이 나를 믿어주고 환영해 주고 지지해 주는 부모님이 있기 때문에 마음 놓고 아파하면서 격정의 사춘기를 보낼 수 있는 것이다. 혹여 우리가 긴 방황의 시간에 있다 하더라도 이 시기가 끝나면 나 또한 그러한 어른으로 성장할 것이다.

"아픈 만큼 성숙해지니까……."

06

부모님의 응원은 우리의 비타민

부모님의 말 한마디는 우리들의 성취도를 높인다. 엄마가 "넌 잘해 낼 거야."라고 말을 하면 실제로 그 일을 잘할 가능성이 훨씬 높아진다. 반대로 "이게 뭐야, 넌 못할 거야!"라고 말한다면 역시 그 기대대로 될 가능성이 높다. 우리가 잘 성장하기를 원한다면 계속 긍정적인 말로 격려해 주며 동기부여를 해 주어야 한다. 부모님이 나를 확실히 믿고 있다는 자신감을 얻고 나면 스스로 인생의 방향키를 잡을 수 있게 될 것이다. 자신이 정말 잘하고 싶은 일을 발견하게 될 것이고, 그 꿈을 이루기 위해 열정을 다할 것이다. 이러한 것들은 모두 어른들이 보내주는 응원만으로도 충분하다. 그러나 시간이 지나도 부모님과 십대의 갈등은 나아지지 않는다. 공부, 가치관 문제 등이 교차한다. 그럴 때마다 십대들은 짜증만 낼 뿐 어떻게 해결해야 할 지 모른다. 부모님들은 그저 답답할 뿐이겠지만 우리들은 많은 생각을 한다. '그냥 괜찮다고 하지', '그냥 넘어가 주지', '엄마는 왜 또 그러지?'라고 생각하며 답답해 한다. 나도 엄마와 크게 한바탕 싸운 적이 있다.

"너 친구들 하고 또 놀았지!"

"응."

"너 자꾸 놀기만 하고 할 일은 안 할래?"

"다 할 거야."

"만날 한다면서 안 하잖아!"

"나 하거든요!"

"하기는 무슨, 엄마가 볼 때는 만날 핸드폰만 붙잡고 있던데 뭘."

"엄마는 내가 핸드폰 할 때만 들어오던데?"

"무슨!"

엄마는 내게 화만 냈다. 내게 힘든 일이 많이 있었는데 엄마는 알아주지도 않고 잔소리만 하니까 나도 같이 쏘아붙였다. 물론 나와 엄마 사이에 대화가 부족한 것이 큰 원인이었겠지만 나는 그저 위로를 받고 싶었다. 이기적인 생각이기는 하지만 엄마에게 만큼은 이해받고 싶었다.

십대가 되면서 처음 접해 보는 문제들로 혼란스러울 때가 많았다. 그리고 해결할 방법을 몰라 짜증을 내며 토라지기를 반복했다. 그럴 때마다 부모님은 난감해 하는 눈치였다. 십대들은 응원을 좋아한다. 겉으로는 아닌 듯 보여도 따뜻한 응원에 녹는다. 하지만 부모님들은 잔소리를 하며 미래 타령만 한다. 우리들을 기죽게 하고 오히려 마음의 문을 닫게 만들어 버린다. 부모님이 잘못됐다는 것이 아니라, 방법이 잘못된 것이라고 생각한다. 어느 날, 친구는 아침부터 기분이 안 좋아 보였다.

"너 어디 아파?"

"아니. 엄마랑 싸웠어."

"왜?"

"아니 엄마가 자꾸 화내잖아."

"무슨 일인데?"

"아니 나는 일부러 그런 게 아닌데 엄마는 자꾸 막…… 아니다!"

엄마와 크게 전쟁을 벌인 것 같았다. 친구는 짜증이 나다 못해 아파 보였다. 친구의 얼굴을 보니 여러모로 안타까웠다. 응원이 필요한 듯 보여서 힘내라고는 했지만 별로 나아진 것 같지는 않았다.

시험 기간이 되면 부모님과의 갈등이 최고조에 이른다. 원인은 당연히 성적 때문이다. 성적 문제는 부모님과 우리들이 서로 줄다리기를 하듯 한 치의 양보도 없이 팽팽하다. 내 성적 문제로 엄마와 다툼을 할 때면 가운데에서 중재를 해주고 오히려 나를 응원해 주는 분이 바로 아빠다. 아빠들은 대부분 "나중에 잘 보면 되지.", "지금 너희 때는 놀아도 돼."라고 자주 말한다. 그러면 나는 화내는 엄마 대신 방패가 되어 주는 아빠 뒤에 선다. 하지만 요즘은 그렇지 않다. 아빠도 엄마만큼 성적을 중요하게 본다.

시간이 흘러서 다시 한 번 세대가 바뀌고 있다. 앞으로는 자신의 아이디어만 있으면 잘 살 수 있다고 한다. 하지만 그것은 상위 10%, 혹은 1%만 해당되는 이야기가 아닐까? 우리들은 어찌되었든 공부를 잘해야 하는 것이다. 뭐를 하던 일단 공부부터 해야 인정받는 세상이다. 뭔가를 뛰어나게 잘하지 않는 이상, 일단 공부부터 해야 한다. 아무리 아우성을 쳐봐도 공부를 잘해야 하는 것이 현실이라면 어른들 눈에는 어린아이의 투정처럼 보일 뿐일 것이다. 이런 우리들에게 부모님의 응원은 마치 비타민과 같다. 꼬박꼬박 먹어야만 건강하게 잘 자랄 수 있기 때문이다.

얼마 전 엄마와 싸운 일이 있었다. 나는 이미 많은 일들로 스트레스를 받았었고 무척이나 힘든 상태였다. 자존감 지수는 최하였고 겉으로는 밝은 척했지만 속으로는 비명을 지르고 있었다.

"윤경아, 무슨 일이야?"

"아, 몰라."

"힘들어?"

"어."

"그럼 때려 칠래?"

"아니. 엄마가 그렇게 말하면 내가 뭐가 돼?"

"그러니까 열심히 하라는 소리야. 무슨 일이 있어도 엄마, 아빠, 언니는 네 편이야."

"무슨 일인 줄 알고?"

"괜찮아. 잘될 거야. 엄마는 윤경이를 믿어."

"어."

나는 엄마와의 대화가 좋았으면서도 겉으로는 낯간지럽다는 기색을 보였다. 그래도 엄마의 말이 큰 힘이 되었다. 엄마와 이야기를 마치고 엄마에게 고마운 마음이 들었다. 어렵게 느껴졌던 일들이 한순간에 내가 잘해 낼 수 있을 것만 같았고 진정이 되었다. 항상 엄마 탓만 하는 내가 부끄러워졌고, 또 엄마에게 미안한 마음이 들었다. 그제야 엄마의 응원이 기분 좋고 귀한 것이라는 것을 깨달았다.

십대들에게 부모님의 응원은 마치 비타민과 같다. 우리를 힘나게 해준다. 나는 어른들에게 다시 한 번 이야기하고 싶다.

"우리에게는 보약이 필요한 게 아니라 부모님의 응원이 필요해요!"

07

지금의 모습 그대로
사랑받고 싶어요

사랑하고 사랑받는 것은 축복된 인생이다. 하지만 자신을 있는 그대로 사랑해 줄 수 있는 사람이 몇 명이나 있을까? 학년이 높아질수록 아는 친구들이 훨씬 많아진다. 그러나 모든 사람이 나를 좋아하는 것은 아니다. 어렸을 때에는 항상 부모님의 사랑만 받고 자라니 나를 싫어하는 사람이 없다고 생각했는데 커갈수록 현실은 그렇지 않다는 것을 깨닫게 되었다.

엄마는 종종 나에게 "엄마는 너를 사랑해, 축복해."라고 말한다. 그때마다 민망한 것은 사실이다. 하지만 기분이 좋다. 이 세상에서 나를 있는 그대로 사랑해 줄 사람은 바로 나를 낳아 주고 길러준 부모님일 것이다. 부모님은 내가 잘하든 못하든, 혹여 내가 잘못을 했더라도 나를 있는 그대로 받아들인다. 그런데 우리 십대들은 왜 부모님이 나를 가장 힘들게 한다며 미워할까? 아마도 그 사랑한다는 말 안에 우리를 가두기 때문일 것이다. 사랑한다는 그 말이 감옥이 되어 더 이상 나쁜 행동, 나쁜 마음을 갖지 못하게 된다. 물론 내가 이렇게 말하는 것이 부모님의 사랑을 왜곡하는 것 일 수도 있지만 말이다.

내가 어렸을 때 부모님은 "우리 윤경이 똑똑하네.", "대단한데.", "사랑스럽다!", "멋지다!"라고 칭찬을 많이 해주었다. 어린 나이에는 내가 정말 똑똑한 줄 알았고, 내가 했던 모든 행동들이 정말 대단해서 그런 줄 알았다. 또한 부모님의 말대로 정말 그렇게 되려고 많이 애쓰기도 했다. 그런데 지금은 이런 말을 들어도 어릴 때 받았던 감동을 받을 수가 없다. 아마도 내가 그렇지 못한데 엄마는 말로 나를 잡아두려는 것 같기 때문이었다. 그래서 이러한 칭찬이 심할 때는 비난으로 받아들여진다. 그래서 마음 한편이 씁쓸하기도 하지만 반성도 하게 된다. 내가 정말 똑똑한지……, 대단한지……, 사랑스러운 행동을 했는지 말이다.

나를 정말 있는 그대로 사랑해 줄 사람은 부모님이다. 그러나 진심으로 자신을 가장 사랑할 줄 아는 존재는 바로 '나'이다. 그러나 생각해 보면 가끔은 상대방에게 나를 좋게 보이기 위해 포장하기도 한다. 더욱이 나 스스로를 있는 그대로 남에게 보여준 적도 없다. 그래서 왠지 스스로를 더 사랑해야 할 것 같다. 언제부터인가 우리 십대들은 성적표 하나로 모든 것을 평가 받는다. 그러다 보면 어른들이 성적이 잘 나온 나를 좋아하는 것인지 성적이 아닌 나 자체를 좋아하는 것인지 잘 모르겠다.

전교 상위권인 친구가 있는데 부모님이 성적에만 집착을 한다. 가끔씩은 정말로 자기를 사랑하긴 하는 건지 의구심이 들 정도라고 한다. 정말 있는 그대로가 아니라 그냥 자신의 성적표를 좋아하는 것이 아니냐며 한탄하기도 했다.

"엄마는 윤경이가 공부를 잘했으면 좋겠어."

"나도 나름대로 열심히 하고 있는 걸."

"그런데 성적이 왜 이래?"

"아니 이게 어때서. 나 정도면 상위권이야."

"그거 가지고 되겠어?"

"충분하지 않아?"

"요즘 잘하는 애들이 얼마나 많은데. 다른 친구들은 벌써 고등학교 수업을 듣는다고 하던데?"

"나도 잘하고 있는 거라니깐."

이렇게 계속 반복하다 보면 나도 엄마가 나를 좋아하는 건지 공부 잘하는 나를 좋아하는 건지 모르겠다. 내 친구는 꿈이 없다. 아직 이끌고 나아가야 할 목표도 없고 그저 공부에만 매이는 이 상황이 싫다고 한다. 그러다가 한번은 부모님과 싸웠다고 한다. 친구는 한숨을 푹푹 쉬며 말했다.

"어휴."

"왜?"

"걱정이 많아."

"뭐가?"

"꿈 말이야."

"부모님이랑 싸웠구나?"

"아빠랑."

"왜?"

"아빠는 내가 의사가 됐으면 좋겠는데."

"너는?"

"나는 잘 모르겠는데."

"잘 모르겠어?"

"의사는 되기 싫어."

잠깐의 침묵 뒤에 친구가 말을 이어 나갔다.

"나는 아빠가 나를 좋아하는 건지 의사가 되는 나를 좋아하는 건지 모르겠어."

"당연히 너를 좋아하지."

"아니 그건 알지. 그런데 가끔은 모르겠어. 아빠는 나보다 의사를 더 좋아하나 봐."

"설마, 그런 일은 없을 거야."

"모르겠어. 나도 그렇게 생각했는데 요즘에는 확신이 서질 않아."

"그런 게 어디 있냐. 우리 엄마가 자식 사랑만큼 진한 게 없데."

"뭐야, 네가 말하니까 이상해. 오글거려."

"나도 지금 오글거려."

우리는 시간 가는 줄 모르고 이야기를 나눴다. 친구와는 웃으면서 끝냈지만 나도 잘 모르겠다. 평소 진로 문제 때문에 많이 힘들어 하던 친구였는데 이번에 쌓였던 게 풀리면서 그랬던 것 같다. 친구는 자신의 아빠가 자기의 있는 그대로의 모습으로 사랑해 주기를 바랐다.

세상에는 많은 사랑이 있는데 그중 가장 크고 넓은 게 부모님의 자식 사랑이다. 우리 십대들이 아직 철이 없고, 생각이 없어서 부모님의 사랑을 오해하는 것도 안다. 감사하다고 하지 못할망정 이러고 있는 것이 말도 안 된다는 것도 알고 있다. 그렇다고 우리가 느끼는 것을 말하지 못할 이유는 없다. 십대들은 있는 그대로 사랑받기를 원한다. 내 모습 그대로 말이다.

08

소중한 꿈에 날개를 달아주세요

우리들은 언제나 꿈을 가지고 있다. 직업을 떠나 하고 싶은 것이 정말 많다. 하지만 종종 이런 꿈들이 무시당할 때가 있다. 정말 안타까운 일이다. 나는 꿈을 가지고 있는 십대 친구들에게 응원을 보낸다. 넌 할 수 있을 거라고, 한번 해 보라고 말이다. 얼핏들으면 낯간지러운 말일 수 있다. 하지만 큰 힘이 되어주는 한마디이기도 하다. 나는 어른들이 꿈을 가지고 있는 십대에게 그 꿈이 아주 작을지라도 격려해 주었으면 좋겠다.

많은 사람들이 "십대들은 꿈을 먹고 살아갈 때야.", "청춘이니 도전해 봐.", "하늘 높이 비상하라."고 말한다. 그러나 실제로는 쉽지 않다. 꿈만 꾸다가 공부를 하지 못하고, 성적이 내려가고, 내신 관리가 소홀해진다. 청춘이라 도전을 해 보기에는 뛰어넘어야 할 장애물들이 너무 많다. 도전하기 전에 일단 숙제를 해야 하고, 영어 학원에도 가야 한다. 그리고 또 수학 학원에 간다. 하늘 높이 비상하기에는 또 얼마나 험난한 과정을 거쳐야 할까. 또 정상까지 올라왔을 때 그것을 지켜야 하는 무게감은 또 얼마나 클까. 산 넘어 산이다. 나도 꿈을 이루기 위해 학업 관리와 꿈 관리를 동시에 하는 것이 쉽지 않다. 꿈에 대해 더 깊이 시간을 잡아서 고민하려고 하면 아직 못 끝낸 숙제들이 떠오른다. 무언가 하려 할 때면 한 가지씩 걸리다 보니 결국 둘 다 하기 싫어진다. 무엇을 먼저 해야 할지도 모르겠고 어떻게 해야 할지도 모르겠다. 나에게 정답을 알려줄 사람이 있다면 좋겠다.

언젠가 텔레비전에서 오디션 프로그램을 봤다. 내 또래에 친구들이 나와 오디션을 보는 것이 참 멋져 보였고, 조금 부럽기도 했다. 나는 아직도 방황하고 있는 것 같은데 친구들은 용기 있게 오디션에 나가 자신의 꿈에 도전하는 것을 보니 자극이 되었다. 그리고 그런 친구들을 부러워만 하고 아무런 발전이 없는 나에게 화도 났다. 하지만 내 주변에도 나와 같은 친구들이 많다는 것을 자연스럽게 알게 되었다.

"나는 작가가 되고 싶어. 엄마는 내가 작가가 될 수 있도록 모든 지원을 아끼지 않으시지. 그런데 작가가 되는 건 그리 쉬운 일이 아닌 것 같아."

친구들에게 확실한 나의 꿈을 말하고 부모님으로부터 지원도 받고 있다는 사실을 말하면서 내심 '그래, 나 정도면 양호하지'라는 생각을 했다. 그런데 그저 나는 엄살을 피우는 것에 불과한 것 같았다.

"나도 꿈이 있긴 있는데 그만둘까봐."
"왜?"
"엄마가 싫어하셔. 현실성이 떨어진데."

친구의 꿈은 가수였다. 아무래도 부모님이 반대하는 것 같았다. 세상에는 많은 경우의 수가 존재한다. 어떤 친구는 꿈이 있지만 부모님이 반대하고 있고, 또 다른 친구는 그 꿈을 이루기에는 자신의 능력이 부족한 것 같아 괴로워 하기도 한다. 그리고 하고 싶어도 못하는 친구도 있고, 꿈을 찾는 것에 의욕이 없는 친구도 있다. 어찌됐든 모두 다 노력을 해야 한다는 것에는 변함이 없다.

"엄마, 엄마는 어렸을 때 꿈이 뭐였어?"

"엄마? 엄마는 선생님이 꿈이었지."

"선생님?"

"어, 선생님."

"아빠는?"

"응?"

"아빠는 꿈이 뭐였어요?"

"아빠도 선생님이 꿈이었지."

"아빠도? 그래서 우리 가족은 다 선생님인가?"

"그러고 보니 그렇네."

"그러면 엄마, 아빠는 모두 꿈을 이룬 셈이네?"

"그렇지, 그런데 최근에 꿈이 하나 더 생겼어."

"뭔데?"

"엄마, 아빠는 윤경이가 나중에 훌륭한 사람이 돼서 같이 여행가고, 드라이브도 갔으면 좋겠어."

"알겠어. 내가 나중에 꼭 그렇게 해줄게."

최근에 부모님과 나누었던 대화다. 우리 부모님은 내 친구 부모님들에 비해 나이가 많은 편이다. 적지 않은 나이에도 불구하고 꿈을 가지고 있는 부모님을 보면 놀라울 때가 있다. 내 주변에는 꿈조차 없는 친구들이 많은데, 부모님이 꿈을 가지고 있다니 존경스러울 따름이다. 이날 이후 나는 엄마, 아빠의 꿈을 이루어드리기로 마음먹었다. 적어도 내가 노력하면 할 수 있으니까 말이다. 나는 부모님의 소중한 꿈에 날개를 달아드리고 싶었다.

누군가가 '나'의 꿈을 대신 이루어 준다는 것은 환상적인 일이다. 내 손 하나 쓰지 않고 원하는 것을 얻을 수 있는데 누가 마다할 사람이 있을까. 하지만 다른 사람이 대신 이루어 준 꿈은 더 이상 꿈이 아니다. 꿈이란 스스로 이루어야 그 가치가 빛을 발하는 것이다. 그러니 우리들의 꿈에 날개를 달아 달라는 말은 옆에서 지켜봐 주고 응원해 달라는 뜻이다. 보통 애정이 넘치는 부모님들은 날개를 달아주려다 비행기를 대여해 주는 분들이 많다. 한마디로 스스로 하는 것이 아닌 그저 부모님이 대신 그 꿈을 이루어 준다는 말이다. 그렇다면 어떤 상황이 될까?

사실 어느 방면으로 보나 꿈을 향해 나아가고 노력하는 것은 결코 호락호락한 일이 아니다. 그도 그럴 것이, 그 꿈을 이루어 주기 위해 도와주는 것도 만만치 않은 일이기 때문이다. 내가 읽은 책 중에 《10대의 꿈에 날개를 달아주는 청소년 진로 코칭》이라는 것이 있다. 허은영 작가가 쓴 책인데, 우리들의 진로를 더 정확히 알고 찾는데 많은 도움이 된다. 직업관에서부터 꿈을 이루기 위해 실천하는 방법까지 다양하게 실려 있다. 나도 이 책에서 제시하는 데로 나와 맞게 바꾸기도 하면서 유동성 있게 다양한 활동을 해보고 있다.

날개를 달아 준다는 것이 바로 이런 것이 아닐까? 코칭은 해주되 스스로 할 수 있는 힘을 길러주는 것. 우리는 이런 것을 바란다. 직접 나서서 무엇이든 해주는 것보다 한발자국 뒤에서 응원해 주며 지켜봐 주는 것 말이다. 이것이야 말로 우리들의 소중한 꿈에 날개를 다는 일이라고 생각한다.

09

십대와 통하는 어른들은
이것이 달라요

주변 사람들을 보면 각양각색이다. 다른 사람들의 물건까지 챙겨주는 사람이 있는가 하면 일단 내 물건만 챙기는 사람들이 있다. 또 말을 하는 것보다 들어주는 것을 좋아하는 사람이 있고 반대인 사람들도 있다. 사람들은 대부분 친절하고, 말을 잘 들어주고, 유머 있고, 대화가 잘 통하는 사람들을 좋아한다. 십대도 마찬가지다.

"너는 어떤 선생님이 가장 좋아?"

새 학기가 시작되면 으레 친구들과 이런 이야기를 주고받는다.

그러면 다양한 대답이 나오는데 그에 대해 공감하기도 하지만 그렇지 않을 때도 있다.

"나는 사회 선생님이 좋아."

"아 진짜? 나는 체육."

"체육도 좋긴 한데 내가 체육 과목을 안 좋아해."

"체육을? 왜?"

"힘들잖아."

"아……. 근데 사회 선생님은 왜 좋아?"

"재밌으니깐."

"하긴."

"너는 어떤 선생님이 좋냐?"

"영어?"

"인정. 영어 선생님 완전 재미있어."

"그런데 과학 선생님도 뭔가 새로워."

"맞아, 맞아."

과목별로 선생님이 모두 다르다. 그만큼 선생님들이 많다는 이야기인데 그중에도 우리들에게 인기 만점인 선생님과 그렇지 않은 선생님이 있다. 보통 친구들이 좋아하는 선생님은 일단 모든 일에 관대하다. 그러면서 유머까지 있다. 우리에게는 뭘 좀 아는 선생님으로 통한다. 마치 카페에 가서 초코라떼만 시켰는데 케이크까지 서비스로 나온 것처럼. 친구들은 이런 선생님을 좋아한다. 반면에 그렇지 않은 선생님들은 지루하다. 목소리가 수면제 역할을 하는 것처럼 졸음만 쏟아지는 선생님이 있다. 혹은 지독하게 깐깐한 선생님, 무서운 선생님이라면 일단 움츠러들기 마련이다.

십대들과 이야기가 통하는 어른들이 의외로 많다. 우리들은 우리와 함께 웃고 놀고 떠들며 대화가 잘 통하는 어른이 좋다. 십대들과 통한다는 것은 말이 잘 통한다는 것 아닌가? 그만큼 공감대가 중요하다.

우리 가족은 나 빼고 다 어른인지라 의견이 많이 나뉜다. 이것이 바로 세대 차이인 것 같다. 그중 엄마와 나는 가장 많이 의견 차이가 일어난다. 나와 통하면서도 묘하게 다른 엄마와 나 사이다.

"엄마가 이거 치우라고 했어, 안 했어! 언제까지 이렇게 말해
야 하니?"

"할 거야! 조금만 기다리면 되잖아!"

"그 말이 벌써 몇 번째야! 말로만 해, 말로만."

"엄마는 내가 하려고만 하면 뭐라 해. 진짜."

아침마다 우리 집은 전쟁터다. 너 이거 왜 안 하냐, 하려 했다
등의 대화가 무한 반복이다. 나는 치웠는데 엄마에게는 안 치운
것으로 보이는 일이 비일비재하다. 가끔가다 정말 심하게 의견 대
립이 일어났을 때에는 하루 동안 말 한마디 안 하기도 했다.

그런데 참 이상하게도 통할 땐 잘 통하는 엄마다. 예를 들어
텔레비전이나 영화를 같이 보러 다니고 책도 함께 고른다. 그리
고 내 고민을 엄마가 들어주거나 이곳저곳 돌아다닌다. 그중 가
장 통하는 것이 바로 꿈 이야기인데, 그건 아마도 엄마와 내가 작
가라는 같은 꿈을 꾸고 있기 때문인 것 같다.

십대와 통하는 어른들은 다른 어른들과는 묘하게 다르다. 한
발자국 뒤에서 보면 같은 의미로 한 말인데, 짜증나거나 속상하

지 않다. 그저 웃을 뿐이다. 그에 비해 십대와 소통이 잘 되지 않는 어른들은 대화를 할 때 서로 답답하거나 마음이 상한다. 단지 말의 차이인 것 같은데 신기하다.

우리가 사춘기에 들어서자 당황하는 부모님도 있고 한편으로는 더 준비를 철저히 하는 부모님도 있을 것이다. 예쁘고 귀엽기만 했던 아이가 사춘기라는 문이 열리자마자 한순간에 변해버리니 속상하기도 할 것이다. 우리는 사춘기가 시작되면 묻지도 따지지도 않고 부모님의 취향은 낡은 것이라고 생각하면서 창피하게만 여기는 경향이 있다. 대화가 점점 줄어들고 부모님은 우리들과의 소통으로 대화를 시도하는 것이 아닌 통제를 하려고 한다. 한마디로 잔소리가 는다. 하지만 그럴수록 십대들의 반항은 더욱 거칠어져 가고 서로 사이가 더 안 좋아질 뿐이다. 그렇다면 어떻게 해야 할까?

학교에는 '위클래스'라는 상담 장소가 있다. 누구나 편히 쉬고 싶을 때 찾으면 되는 장소인데 사실 나는 한 번도 가 본 일이 없다. 우리 반 친구들 중에도 가 본 사람은 없는 것 같았다. 혹은 비밀로 했을지도 모르는 일이다. 그래도 다행인 것은 전문 상담

센터이니 무서운 어른들보다는 더 잘 우리의 생각을 이해해 주고 공감해 주는 어른들이 있을 것 같다.

십대들과 통하는 어른들은 약간의 차이가 있을 뿐이지 크게 다르지 않다. 그래도 그 약간의 차이를 이야기해 보자면 대부분 그런 사람들은 재미있고, 공감대 형성이 잘 된다는 것이다.

내 이야기를 들어주는 사람도 좋고 재미있는 사람은 더 좋다. 어찌 보면 당연한 일일지도 모른다. 재미는 우리의 지루한 생활에 흥미가 되고, 공감은 우리들에게 큰 도움이 된다. 십대와 통하는 어른이 되고 싶다면 이 두 가지를 꼭 갖춰야 한다.

10

공부를 잘한다고
행복한 것은 아니다

행복이란 무엇일까? 사람들은 행복해지기 위해 수년간 공부하고, 일하고, 생각한다. 그것은 우리 십대들 또한 마찬가지다. 지금 우리로서는 행복해지기 위해 공부를 하고 있는 셈이다. 하지만 많은 십대들은 행복해지기 위한 과정 속에서 행복하지 않다. 행복을 위해 열심히 노력하는데 전혀 행복하지 않다니, 어떻게 된 일일까?

"윤경이는 지금 행복해?"

"행복해."

아빠는 종종 나에게 행복하냐고 묻는다. 그럴 때마다 나는 행복하다고 대답한다. 아빠가 내 행복에 대해 관심이 있는 것 같아서 아빠에게 고마울 따름이다. 나는 행복하다. 나를 사랑해 주는 가족이 있고, 꿈을 향해 도전하고 있으니 행복하지 않을 수가 없다. 하지만 그렇다고 해서 공부가 힘들지 않은 것은 아니다. 그리고 모든 십대들이 나 같은 것은 아니라는 것도 알고 있다.

내가 행복이라는 감정을 조금이나마 이해하게 되었을 때는 중학교에 입학하면서부터였다. 초등학교 때는 행복이라는 것에 대해 깊이 생각하지 않았고, 지금이 행복한건지도 잘 몰랐다. 그런데 중학교에 진학하자 지난 시간들이 참 행복했다는 것을 깨닫게 되었다. 그래서 매순간 후회하지 않는 인생을 살아야 하는 것 같다.

그러던 도중 나는 어느 순간부터 의문을 품게 되었다. 바로 '행복해지려면 꼭 공부를 해야 하나?'이다. 그래서 나는 친구들에게 기회가 닿을 때마다 물어보곤 했다.

"행복해지려면 공부를 꼭 해야 한다고 생각해?"

친구들의 반응은 "응.", "아니."로 반반씩 나뉘었다. 많은 십대들이 행복을 위해서 공부를 한다는 것에 동의하지 못하고 있는 것 같았다. 나 역시 행복은 성적순이 아니라고 생각한다. 하버드 도서관 명언 중 이런 말이 있다. "행복은 성적순이 아니지만 성공은 성적순이다." 이 말은 성공은 곧 행복이니 우리가 행복해지려면 공부를 해야 한다는 소리다. 그런데 왠지 반박할 수 없는 말이다.

요즘 친구들을 보면 힘들어 보인다. 고민거리가 많아 보이는데, 그중의 50%는 학업 때문인 것 같다. 학교와 학원은 우리에게 스트레스를 안겨주는 것임에 틀림없다. 그뿐만 아니라 집에서도 연필을 놓을 틈이 없다. 심지어 어떨 때는 학원보다 집이 더 가기 싫을 정도다. 이런 생활 속에서 십대에게 행복은 당치도 않은 소리인 것 같다. 우리나라가 청소년 자살률 1위인 것만 봐도 십대들이 행복하지 않다는 것을 알 수 있다.

공부란 무언가를 알고 깨우치는 일인데 요즘에는 그저 시험을 잘 보기 위해서만 공부를 한다. 그리고 십대들은 그런 현실에 지쳐 가고 있다. 항상 같은 유형의 문제만 수백 번씩 풀고, 또 돌아오는 건 오르지 않은 성적표다. 십대들은 병들어 가고 있다.

"얼른 들어가서 공부해!"

"지금 뭐하는 거니?"

"네가 그럼 그렇지, 뭐."

"공부는 했니?"

"옆집 애는 100점 맞았다더라. 너는 왜……."

이렇게 돌아오는 거친 말들은 비수가 되어 우리들 마음속에 꽂힌다.

어른들은 평생해도 모자를 공부를 아직 이 정도밖에 안 했는데 벌써부터 투정을 부리냐고 한다. 하고 싶어도 못하는 사람들이 얼마나 많은데 너는 왜 항상 하기 싫다고만 하냐고 한다. 참 복 받은 거라고. 내가 너였으면 열심히 공부만 했을 것이라고. 열심히 하라고, 나중에 후회한다며 채근을 한다. 그러나 그것을 알 도리가 없는 우리들은 그저 공부하는 이 시간을 어떻게 빠져나갈까 궁리만 하고 있다. 공부가 행복보다 중요한가? 공부를 해야지만 행복할까? 공부란 성공을 위한 지름길이라고 누군가가 그랬다. 그러면 다른 길은 없는 걸까? 아직도 많은 질문이 꼬리에 꼬리를 문다.

"엄마, 공부를 해야만 행복한 거예요?"

"아니지. 행복은 사람마다 다른 거야. 뭘 하고 싶고 그 행복이 무엇인지에 따라 다르지. 어떤 사람은 공부를 하는 순간이 행복하고, 청소를 하는 시간이 행복하고, 커피 한잔 마시는 것이 행복한 거잖아."

"그런데 왜 자꾸 공부하라고 해요?"

"공부를 하면 기회가 많아져."

"그럼 다른 길은 없는 거예요? 그러니까, 성공을 하려면 공부를 해야 하는 거예요?"

"물론 다른 방법도 있지. 한 가지의 사업에 열중하면서 행복을 느끼는 사람도 많잖아."

엄마와 대화를 이어가던 중 옆에 있던 아빠가 다시 말을 이었다.

"윤경아, 사람은 누구든지 공부를 안 하면 머리가 퇴화해. 그래서 공부를 하고 또 하고 대학도 가는 거지."

"한마디로 공부는 필수 조건이라는 거잖아요. 공부로 성공하는 건 상위 1%라고 밖에 생각이 안 드는데."

"그건 또 아니지. 아까 말했잖아. 공부 말고 다른 길로 성공을 하는 거 말이야."

"하지만 어떻게?"

"흐음, 예를 들어 어떤 친구는 자신의 재능을 충분히 살려서 사람들에게 인정도 받고 유명해졌어. 자신이 만든 예술작품들을 블로그에 올렸더니 어느새 유명해져 광고 제의까지 온 거야. 그래서 돈도 받고 어린 나이에 부자가 됐어. 이 정도면 성공한 거 아니겠니?"

"그것도 쉬운 것 같지 않은데……."

"그래서 공부를 하라는 거야."

"아."

그날 아주 오랜만에 부모님과 진지한 대화를 했다. 행복, 성공, 진로, 꿈 같은 이 네 가지 주제에 대하여 깊이 생각하는 시간이 되었다. 그중에서도 행복과 공부의 관계가 궁금했었는데 어느 정도 풀린 것 같았다. 내가 찾은 정답은 행복해지려면 꼭 공부를 잘해야 하는 것은 아니지만 가장 쉬운 방법이라는 것과 이 사실은 대부분 다 그렇다는 것이다.

'공부는 왜 하는 거지?' 십대로서 한 번쯤은 생각해 보았을 것이다. '좋은 대학을 나와도 취업도 잘 안 되고, 다른 거 하면 되는데?'라고 생각하는 십대들이 적지 않다. 내 주변 친구들은 이 문제로 토론까지 나눌 수 있을 기세다. 지금까지 내가 내린 결론은 공부와 행복의 연관은 당사자가 정하는 것이라는 것이다.

행복이라는 주제는 조금 애매하고 그 기준이 모두 다르다. 어떤 이는 소박한 삶에도 행복을 느끼고 어떤 사람은 부유하면서도 행복을 느끼지 못한다. 십대들은 저마다 특기가 있고 재능이 있다. 잘하는 부분이 있고 못하는 부분이 다른데 '공부'라는 하나의 틀에 다 묶어둔다. 물론 어른이 되면 구속받지 않고 마음껏 놀 수 있다. 그렇다면 우리가 십대일 때는 행복해서는 안 되는 것일까? 행복이란, 돈을 많이 버는 것이 아니라 진정으로 하고 싶은 일을 하는 것이 아닐까? 그렇다면 우리들은 공부가 아닌 각자의 개성에 맞는 학습을 해야 하는 것이다. 수많은 질문을 해도 돌아오는 대답은 같다.

'일단 공부는 하고 보자. 안 해서 나쁠 것도 없고, 나중에 기회가 많아지잖아.'

나는 그 기회라는 것이 지금은 무엇인지 잘 모르겠다. 항상 기회라는 말은 듣는데 그 기회를 잡기 위해 이렇게까지 공부를 해야 하는 걸까?

나는 현재에 만족하는 삶을 살아야 내일의 행복도 있는 것이라고 믿는다. 아무 이유나 필요성도 느끼지 못한 채 미래의 행복을 위해 영혼 없이 하는 공부에서 벗어나 지금 자신의 삶에서 작은 행복이라도 발견하는 것이 중요하다고 생각한다. 미래의 행복을 위해 공부를 먼저 생각하기 보다는 현재 자신의 삶 속에서 즐겁고 행복한 가치 있는 일들을 찾았으면 좋겠다.

십대가 진짜 속마음으로 생각하는 것들

초판 1쇄 인쇄 2016년 03월 18일
초판 1쇄 발행 2016년 03월 25일

지 은 이 정윤경
펴 낸 이 권동희
펴 낸 곳 시너지북
기   획 김태광
책임편집 이양이
디 자 인 이현은 이선영
교정교열 신지은
마 케 팅 김보람 신태용 이석풍

출판등록 제312-2012-000040호
주   소 경기도 성남시 분당구 수내동 16-5 오너스타워 407호
전   화 070-4024-7286
이 메 일 synergybook@naver.com

ⓒ시너지북(저자와 맺은 특약에 따라 검인을 생략합니다)
ISBN 979-11-85421-78-0 (03800)

이 도서의 국립중앙도서관 출판도서목록(CIP)은 서지정보유통지원시스템
홈페이지(http://seoji.nl.go.kr)와 국가자료공동목록시스템(http://www.nl.go.
kr/kolisnet)에서 이용하실 수 있습니다.(CIP제어번호: CIP2016006749)

시너지북은 독자 여러분의 책에 관한 아이디어와 원고 투고를 설레는
마음으로 기다리고 있습니다. 책으로 엮기를 원하는 아이디어가 있으신 분은
이메일 synergybook@naver.com으로 간단한 개요와 취지, 연락처 등
을 보내주세요. 망설이지 말고 문을 두드리세요. 꿈이 이루어집니다.

시너지북은 위닝북스의 브랜드입니다.

※ 책값은 뒤표지에 있습니다.
※ 잘못 만들어진 책은 구입하신 서점에서 교환해 드립니다.